소설로 만나는 중딩들의 세계

소설로 만나는 중딩들의 세계

"중학생은 국어 시간에 소설을 쓴다"

왕선중 초단편소설쓰기 반

이은정 엮음

도서출판 담다

책을 펼치며

작년에 논공중학교 학생들과 《우리는 5분 동안 소설가가 된다》를 기획, 편집하면서 소설을 창작하는 활동이 학생들의 변화를 가져오는 것을 확인했습니다. 말을 하거나 문장을 쓸 때 조금 더 적절한 말, 좋은 말을 고르려고 했고, 글 속에 자신도 몰랐던 감정들이 드러나 자신에 대해 더 잘 알게 되었다고 했습니다. 그리고 다른 사람들이 어떤 감정을 느끼고 있을지 더 관심을 가지게 되었구요.

다만 한 가지 아쉬웠던 점은 아이들과 글을 쓰고 퇴고하는 과정을 위해 수업 시간 외에 공을 굉장히 많이 들였다는 것입니다. 기한을 정해두고 글을 써오라는 일을 숙제처럼 내주었습니다. 겨울방학이 시작되고 나서도 줌으로 여러 번 만나 함께 글을 고치고 또 고쳤습니다. 학생들과 함께 글을 쓰고 퇴고하는 시간이 즐거웠지만 이런 방식으로는 교사도, 학생들도 소설 쓰는 일을 오래 지속할 수 없겠다는 생각이 들었습니다.

'책쓰기를 학교 교육과정 안으로 가져올 순 없을까?'
'학생들이 소설 쓸 시간을 충분히 마련해 줄 수는 없을까?'

그러다가 생각해낸 것이 주제선택이었습니다. 왕선중학교에서는 금요일 오전 2, 3교시 연달아 2시간씩 8주 동안 국어 주제선택 수업이 진행됩니다. 처음 생각했던 제목인 '중딩작가 8주완성'도 그런 의미에서 나온 것이지요.

1기와 2기, 총 17주 동안 저도 학생들도 참으로 즐거운 시간이었습니다. 학생들은 우리가 매체에서 접하던 작가들 모습과 흡사했습니다. 집중하며 키보드를 두드리다 멈칫, 태블릿 화면과 눈싸움을 하기도 하고 다음 이야기를 어떻게 진행할지 친구들과 이야기를 나누며 웃다가 화내다가 머리를 쥐어뜯다가…. 저는 키보드 자판 누르는 소리와 학생들의 웃음소리를 배경음악 삼아 학생들의 글을 읽고 피드백하곤 했습니다.

중학생에겐 소설이 필요합니다. 더 정확하게 말하자면 자기만의 소설을 만날 필요가 있습니다. 중학생들이 만나는 일상은 제한적이지만 중학생들이 상상하는 세계는 그보다 훨씬 더 크고 흥미진진합니다.

아이들에게는 자신의 세계를 풀어놓을 수 있는 시간과 공간을 마련해주고 싶었습니다. 소설을 쓰면서 응어리진 마음을 달래고 영혼의 목소리를 펼칠 수 있기를 바라봅니다. 더불어 어른들에게도 우리 아이들의 세계를 살짝 엿볼 수 있는 기회가 될 것입니다.

이 책에는 주제선택 '초단편소설쓰기'반을 선택한 친구들 중 소설 쓰기를 끝까지 완성한 13명의 작품이 제목 가나다 순으로 실려 있습니다. 그리고 마지막 부록에서는 제가 8주간 수업을 어떻게 기획하고 운영했는지에 대해 짤막하게 실어 두었습니다. 모쪼록 도움이 되었으면 합니다.

책을 출판하기까지 물심양면 도와주신 조대승 교장 선생님, 김근악 교감 선생님, 박기완 부장님, 자책하며 포기하고 싶을 때마다 응원과 격려로 힘을 실어주신 류지현 부장님과 박미진 선생님께 감사드립니다. 아낌없이 조언해 주시고 학생 책쓰기와 인문교육에 진심을 다해 지원해주시는 김묘연 선생님과 이주양 장학사님께도 감사드립니다.

지난 책에 이어 이번에도 저와 함께 고민해 주시고, 예쁘게 책이 나올 수 있도록 도와주신 윤슬 대표님, 사랑합니다.

앞으로도 학생들이 자기자신과 자신의 세계를 만들어가는 여정에 함께 할 것을 약속드리며, 좌충우돌하면서도 결국 멋진 어른이 될 것이 분명한, 모든 중학생들을 응원하겠습니다.

감사합니다.

2023.02.15

왕선중 교사 이은정

차례

*** 도시에 회의를 느껴 돌아온 눈 덮인 고향,

그 곳에서 만난 따뜻한 사랑 이야기.

그댈 위해 기도하겠어요

이승빈

눈이 내린다.

슬혜는 오랜만에 온 고향을 둘러보았다. 오자마자 감성에 젖으면 안 되는데…. 겨울눈이 내리는 고향의 모습은 무척이지 아름다웠다. 눈이 쌓인 것도 오랜만에 보네…….

.

.

.

"뭐야..최 과장? 회사에서 밤 샜어?"

항상 제일 일찍 회사에 출근하는 양 부장님이 책상에 누워 자는 슬혜를 보며 물었다.

"고모가 부회장님 중앙아시아 순방 일정을 내일까지 다 잡으라 하셔가지고…."

"에고… 이사님도 참……. 조카한테는 일 좀 덜 주셔야지. 최 과장이 고생이 많아요."

"아닙니다. 고모가 피해보지 않게 제가 더 열심히 해야죠…."

말은 그렇게 했지만 슬혜는 심신이 모두 지쳐 있었다. 한국 10대 기업 w-win의 CEO 최경훈은 명문대 교수 한경민과 결혼했지만, 불행히도 아이를 갖지 못했다. 마땅한 후계자가 없고 자신들의 회사 내 지위도 계속 유지하고 싶던 경민은 문경에서 할머니와 단둘이 살던 조카 슬혜를 서울로 불러 공부시켰다. 회사 임직원들의 자녀들이 가는 같은 재단의 명문 사립고에 입학한 슬혜였기에 교사들은 각별히 슬혜에게 특혜를 많이 주었다. 슬혜의 성적도 잘 따라왔으므로 명문대 경영학과에 들어갈 수 있었다. 슬혜는 졸업하자마자 회사에 입사했다. 고모인 경민은 누구보다도 슬혜에게 일을 많이 시켰다. 경민이 그렇게 자신의 실적을 쌓아갈수록 슬혜의 피로도는 중첩되어 극에 달했다. 커피 5잔을 때려 박아도 항상 코피가 나기 마련이었다.

경민에게 전화가 걸려왔다.

"야! 최슬혜! 너 왜 오늘 제과부 브리핑 빼 먹었어!"

'아… 브리핑. 방금 깨어나서 정신이 없었네.'

"죄송해요, 이사님. 지금 바로 올라갈게요."

제과부 브리핑실까지는 8층을 올라가야 했다. 엘리베이터에 사람이 몰린 관계로 슬혜는 계단으로 올라가기로 했다. 슬혜가 계단에 발을 올려놓은 순간 머리가 깨질 듯이 아파왔다.

눈 떠보니 슬혜 옆에는 하얀 가운을 입은 낯선 남자와 경민의 비서가 서있었다.

'여긴 병원? 나 또 쓰러진 건가…….'

"슬혜 씨. 이사 님께서 오늘은 병원에서 링거 맞고 내일은 출근하라고 하셨습니다. 지금 뉴질랜드 쪽 주문이 밀려 있어서……."

비서의 말이 끝나자 의사가 놀라며 말했다.

"그... 일주일은 쉬셔야 할 것 같은데……."

그 말을 듣자마자 슬혜는 반대편으로 고개를 돌렸다. 안쓰러워 하는 그 말이 슬혜를 더 아프게 했다. 그리고 그날 밤, 슬혜는 문경 행 버스 티켓을 끊었다.

사과나무에서 오른쪽, 3번째 주황색 지붕 집. 그녀는 머릿속으로 할머니 집의 위치를 그리며 걸었다. 하지만 사과나무는 어디에도 보이지 않았다.

'그래, 7년이나 지났는데 아직 나무가 있을 리가…….'

사과나무와 1,2번째 집이 있던 자리에는 교회가 새로 생겼다. 2년도 안돼 보이는 아기자기한 유럽풍의 교회…

'뭐.. 이렇게 눈 오는 날 보니 되게 느낌 있네…….'

슬혜는 이런 분위기가 그리워 문경으로 다시 돌아온 거일지도 몰랐다. 슬혜는 교회 바로 옆에 있는 집의 파란 대문을 열며 7년 간 가장 하고 싶었던 말을 조심스레 외쳤다.

"할, 할머니……?"

10초간 대답이 없자 다시 한 번 슬혜는 할머니를 불렀다. 그마저 대답이 없자 슬혜는 불안해지기 시작했다. 할머니는 집밖에 나가시는 거 싫어하셨는데……. 슬혜의 머리에선 겨울임에도 식은땀이 흘렀다. '댕 댕 댕' 교회에서 종이 울렸다.

'종 울리는 교회는 오랜만이네. 어…? 교회?'

슬혜는 즉시 교회로 뛰어 들어갔다. 들어가자마자 오른쪽에는 계단이 있었고 바로 앞 큰 문은 1층 예배당의 문인 듯했다. 슬혜는 예배당의 문을 조심스레 열고 들어갔다. 약20명의 사람들이 앉아 찬송가를 부르고 있었다. 슬혜도 아는 찬송가였다. 노래가 바로 끝나진 않을 것 같아 슬혜는 방해되지 않게 비어 있는 자리에 착석했다.

"지금 누구 왔다 아이가?"

한 할머니가 말하자 슬혜는 움찔했다.

"거 누군교. 아프다 카디만 이해수 집사님 왔나?"

익숙한 뒷모습의 할머니가 돌아봤다. 그 할머니는 슬혜가 그토록 찾던 할머니, 김희민 할머니였다.

"엄마야, 이게 누꼬! 슬혜 아이가!"

할머니는 하이톤으로 날 반겨주셨다.

"맞나? 얘가 가가? 얼라 때랑 완전 다르다. 지금은 아가씨 다 돼뿟네."

옆에 있는 빨간 모자 할머니가 슬혜 손을 잡으며 외쳤다.

슬혜는 마침내 할머니와 마주 보았다.

'아 울면 안되는데…….'

할머니는 조용히 다가와 그녀를 꼭 끌어안았다. 오랜만에 안기는 할머니의 품은 매우 따뜻했다. 다만 그녀가 중학생이었을 때만 해도 동안인 할머니는 50대 같아 보이셨다. 또 잔소리도 많이 하셔서 질풍노도의 시기를 겪고 있던 슬혜 입장에서 할머니에게 짜증나는 경우도 다분했다. 지금의 할머니에겐 나이의 변화가 눈에 띄게 나타났다. 슬혜는 보살핌을 받고 싶어 시골로 돌아왔지만 오히려 그녀가 보살핌을 주어야 할 것만 같았다.

"마카 다 식당으로 가자. 슬혜가 오랜만에 왔는디 밥은 먹여야지."

할머니가 슬혜의 손을 잡으며 밖으로 끌었다. 식당은 2층에 있었다. 3층의 좁은 교회지만 있을 건 다 있다고 슬혜는 생각했다. 2층으로 올라가던 중 사람 두 명이 내려오는 것이 보였다. 할머니는 그 사람들이 오자마자 걸음을 멈췄다.

'차림새를 보니 목사인 것 같은데… 옆에 있는 젊은 사람은 누구지?'

"목사님, 이 아이가 슬혜입니더."

할머니가 아까와 똑같이 하이톤으로 슬혜를 그들에게 소개했다.

"김희민 권사님이 귀가 닳도록 말하시던 손녀 분이군요. 말씀하셨던 대로 아주 고우십니다."

목사님이 차분하게 말씀하셨다. 슬혜가 옆에 있는 청년을 계속 쳐다보자 목사님이 시선을 의식해 말했다.

"아! 옆은 제 아들입니다. 초등부와 교회 잡일을 도맡고 있죠. 또래인 것 같은데…. 말 놓으며 친하게 지내주세요, 슬혜 씨."

"아, 안녕하세요. 강, 강유성입니다."

유성은 속으로 굉장히 놀랐다. 그는 문경에 온 후 그와 비슷한 나이대의 여자를 본 적 없었다. 그리고 문경에서 처음 본 또래의 여성의 외모가 평균 이상이라 두 번째로 놀랐다.

"음… 곧 있으면 초등부 수업이 있는데. 슬혜 씨 실례가 안 된다면 유성이와 함께 초등부 수업에 들어가보는 건 어떠신지…?"

목사님이 슬혜에게 권유했다.

'아. 처음 보는 사람이랑…?'

슬혜는 순간 매우 당황했다. 하지만 목사님의 부탁이고 유성도 좋은 사람 같으니까… 슬혜는 조용히 고개를 끄덕였다.

슬혜는 밥을 먹고 초등부 교실 안으로 들어갔다. 유성이 교회 차로 아이들을 데리러 갔으니까 아직 20분 여유가 있었다. 그녀는 교실 안을 둘러보았다. 어린 학생들이 그린 것으로 보이는 바벨탑과 롯의 소금기둥이 벽에 붙어 있었다. 그리고 유성과 학생들이 찍은 사진도 간간이 붙어있었다.

얼마 지나지 않아 두 아이가 괴성을 지르며 교실로 뛰어 들어왔다. 그 둘은 교실에 서있는 사람이 유성이 아니라 슬혜여서 상당히 놀란 것 같았다. 두 아이를 따라 다른 아이들도 가벼운 발걸음으로 들어왔다. 맨 뒤에는 유성이 아이들과 장난을 치며 들어왔다. 그는 교실 한가운데에 서있는 슬혜를 보고 작게 신음 했다. 그리곤 서둘러 아이들을 앉히고 그녀를 소개하기 시작했다.

"음… 오늘 나랑 같이 너희와 수업할 선생님이야. 스.. 슬혜 씨..? 하실 말 있으면….."

"안녕! 선생님 이름은 최슬혜, 앞으로 교회에서 자주 마주칠 것 같으니까, 친하게 지내보자! 알았지?"

슬혜는 밝게 자기 자신을 소개했다. 문경에 온 지 몇 시간 지나지도 않았는데 벌써 어렸을 적 밝은 기운이 찾아오는 것 같았다.

"좋아. 그럼 우리 소개도 끝났으니 사도신경부터 읽고 시작할까?"

"나는 전능하신 아버지 하나님 천지의 창조주를 믿습니다. 나는 그의 유일하신 아들, 우리 주 예수 그리스도를 믿습니다. … "

딱 봐도 MBTI E인 승준, 승아 남매가 큰소리로 낭독했다. 슬혜도 따라 읽으려 했으나 처음 몇 줄만 읽을 수 있었다.

'사도 신경도 잊어 버리다니……'

그녀는 탄식했다. 어릴 때 세례도 받으며 기독교인의 길을 걸었던 그녀이지만 서울로 떠난 후 교회는커녕 성경도 들여다보지 않았다. 사도신경도 못 외운 사람이 선생이라니... 슬혜는 그녀 자신이 한순간 부끄러워졌다.

"오~ 오늘은 정윤이도 잘하는데? 새로운 선생님이 있어서 그런가?"

승준, 승아와 다르게 누가 봐도 I인 정윤이는 유성의 말에 조용히 얼굴을 붉혔다.

"자 그럼 이번엔 우리 친구들이 가장 좋아하는 '예수께로 가면'을 불러볼까?"

유성은 피아노 앞에 앉았다. 피아노도 칠 줄 아는 남자라니, 슬혜는 속으로 그를 감탄했다.

예수께로 가면 나는 기뻐요.

걱정 근심 없고 정말 즐거워-

예수께로 가면 맞아 주시고

나를 사랑하사 용서하셔요-.

수업이 끝난 후 슬혜와 유성은 서로 마주 앉아 커피를 마셨다.

"저.. 동갑이니까 말은 놓도록 하, 하죠? 어때...요?"

먼저 말을 꺼낸 건 유성이었다. 그런 유성이 귀여워 슬혜는 슬며시 웃어 보였다. 유성도 그런 그녀를 보며 따라 웃었다.

그날 슬혜는 할머니와 마주 앉아 그동안 못 다한 이야기를 나누었다. 그중 슬혜가 가장 궁금하던 교회. 원래 있던 교회의 담임목사가 돌아가시자, 그의 아들이 교회를 정리했고, 지금 강갑석 목사가 해외에서 선교를 마친 후 완장리로 와서 새로운 교회를 차렸다는 것이다. 할머니는 그런 강갑석 목사를 되게 존경했고 때문에 하루의 반나절을 매일 교회에서 보낸다. 유성은 강갑석 목사의 아들로서 교회의 잡일이나 시골 어른들의 생활을 돕는다고 했다. 슬혜는 유성의 성격이 푸근하고 가림이 없는 이유를 알 것 같았다.

이튿날, 슬혜는 심한 고통 때문에 이른 새벽에 깨버렸다.

'아으윽. 이런 적은 없었는데….'

생리와 그의 인생 반을 넘게 살아왔지만 이렇게 고통이 심한 날은 처음이었다. 슬혜는 즉시 할머니를 찾았다. 하지만 그녀의 부름에도 할머니는 그녀 앞에 나타나지 않았다.

'아… 새벽 기도….'

그녀는 가까스로 창문을 내다보니 할머니가 교회를 향해 걸어가고 있었다. 더 이상 움직일 수도 없는 그녀는 밖을 향해 할머니를 연속해서 불렀다. 할머니가 뒤돌아볼 기미가 보이지 않자 슬혜는 119를 부르기 위해 다시 침대로 기어가고 있었다. 그때 우당탕탕, 뭔가 부딪히는 소리가 났다.

"헉, 헉, 헉. 스…슬혜씨..? 아..아니 슬혜야..?"

"강, 강유성?"

유성은 밖에서 방에 들어가기를 망설였다. 슬혜도 비로소 자신이 머리도 감지 않았고 잠옷을 입고 있다는 걸 깨달았다.

"니가 할머니 부르는 소리 듣고 왔는데… 혹시 뭐… 어디 안 좋아…?"

"아… 음… 일단 들어오진 말고 혹시 집에 진, 진통제 있는 거 있으면 좀 줄 수 있어?"

유성이 급히 달려 나가고, 그녀는 위급한 상황임에도 유성을 들어오지 못하게 한 것이 이해되지 않았다. 그에게 잘 보이고 싶어서? 바닥을 들어내지 않고 싶어서? 그녀는 짧게 한숨 쉬었다. 고통은 점점 더 심해졌고 유성이 돌아오지 않자 그녀는 점점 초조해졌다. 그때 차가 문 앞에 서는 소리가 들렸고 유성이 방문을 열고 들어와 슬혜를 업었다.

"지, 지금 뭐 하는…."

슬혜는 말을 더듬었다. 유성은 아무 말 않고 그녀를 교회 스타렉스에 실었다. 그리고 즉시 시동을 걸어 시내 쪽으로 운전했다. 유성은 누워있는 슬혜를 살짝 보았다. 그녀의 머리는 떡져 있었고 얼굴도 부어 있었지만 유성이 눈엔 여전히 아름다워 보였다. 교인 중에 큰 병원에서 일하는 분이 계셔 진료 수속은 어렵지 않게 밟을 수 있었다. 슬혜는 진통제를 맞고 잠이 들었고 유성은 옆에서 잠들어 있는 슬혜를 바라보았다. 슬혜가 눈을 떴을 땐 창밖은 어두워졌고 옆에는 할머니, 유성과 목사가 서 있었다. 할머니는 슬혜가 깨어나자마자 슬혜를 꼭 안고 소리 없는 울음을 터뜨렸다.

슬혜가 아프고 난 후 유성과 매우 가까워져 있었다. 슬혜는 매주 초등부 수업에 참여했고 예배마다 유성과 함께 움직였다. 그녀는 어느새 이른 새벽에 깨어나 그와 함께 새벽기도도 참여했다.

12월23일, 교회에는 성탄절 분위기가 한껏 풍겼다. 연말기도 주간을 맞아 할머니와 함께 슬혜는 이른 새벽 교회를 방문했다. 새벽 예배를 가기 시작한 지 어느새 일주일이 넘었지만 쏟아지는 피로는 적응되지 않았다. 중앙 예배당 앞에서 슬혜는 유성과 만나 맨 뒷자리에 착석했다. 자리에 앉자마자 따뜻한 히터 바람에 노근해진 슬혜는 슬며시 눈을 감고 말았다. 유성은 예배를 듣다가 어깨 한쪽이 무거워지는 것을 느꼈다. 슬혜의 머리가 유성의 어깨 위에 올라와 있었다. 유성은 작게 신음했다.

'아… 잠자는 슬혜공주님이군요….'

그녀의 머리카락이 유성의 목을 간지럽혔고 유성은 그런 그녀의 손을 살며시 잡았다. 그리고 그도 눈을 감고 슬혜의 머리에 자신의 체중을 가했다.

슬혜가 문경에 돌아온 첫해는 무난히 지나갔다. 교회는 새해를 맞아 무지 바쁘게 움직였고 교회의 잡일을 도맡아 하는 유성의 얼굴도 잘 보이지 않았다. 토요일 오후, 딱히 할 게 없었던 슬혜는 새벽기도로 쌓인 피로감을 없애기 위해 낮잠을 선택했다.

1시간쯤 잤을까...? 그녀는 차 소리에 잠에서 깨버렸다. 소음을 유발한 차를 보자마자 슬혜는 얼굴을 찡그렸다. 검정색 벤츠… 그녀의 좋지 못한 시절을 함께한 차였다. 검정 색 벤츠에서는 온갖 명품으로 치장한 중년 여성이 내렸고 그 중년 여성은 망설임 없이 집 마당 안으로 들어왔다. 슬혜의 고모 경민이었다.

"도시를 떠나 이런 허름한 집에 다시 와? 너도 참 희한한 아이구나."

"…고모, 그동안 잘 지내셨어요."

"쓰러진 날 이후 연락도 없이 잠적하더니 이딴 시골구석에 틀어 박혀 있었니? 내가 너 찾아내느라 얼마나 고생한 줄 알아? 5분 안에 짐 챙겨서 차 타. 이 정도면 됐어. 일 엄청 밀려 있어."

슬혜는 경민이 잡은 손을 뿌리쳤다.

"고모. 고모는 자기 자신만 생각해? 내기 힘든 건 안보여? 이제 회사에서 유망한 애들이 많이 나오니까 점점 초조해지지? 날 앞세워서 고모 몫은 챙기려는 거잖아. 내가 회사에서 고위직을 차지해야 고모가 편안해지니까. 그리고 항상 고모와 회사 경영진들은 날 딱딱하게 대했어. 그래도 핏줄인데…. 핏줄이라고 믿고 따라간 건데…. 나를 돈에 미쳐서 공부만 시키고 항상 구박했잖아. 내가 여길 왜 왔는지 알아? 사랑이 고파서야. 날 진정으로 소중하게 생각해주는 사람들이 그리워서 온 거라고."

슬혜는 자신답지 않게 강하게 대들었다.

"얼씨구, 그래서 누가 널 사랑해주던데? 너희 외할머니? 말고 또 있어?"

슬혜는 잠시 말하기를 망설였다. 생각나는 사람이 딱 한 사람 있긴 했지만… 그의 이름을 말해도 될지 망설여졌다. 그때 밖에서 슬혜가 생각하고 있던 사람이 들어왔다.

"저도 있습니다."

유성이 슬혜의 손목을 잡으며 경민에게 말했다. 유성은 슬혜를 슬쩍 바라보았다.

"두 분의 사정 전 잘 모르지만…. 그래도 고모님의 마지막 질문에는 대답할 수 있겠군요. 제가 슬혜, 진정으로 사랑하는 사람입니다."

유성은 침을 꿀꺽 삼켰다. 그리고 이제 그만 꺼지시지 하는 눈빛으로 경민을 바라보았다. 경민은 유성을 한번 째려보고 차로 돌아가면서 온갖 욕을 남발했다. 슬혜는 감정에 복받쳐 울먹이고 말았다. 유성은 떨어지는 그녀의 눈물을 슬며시 닦아주었다. 슬혜는 유성의 품에 안기며 말했다.

"고마워…."

유성의 초록색 점퍼 안은 매우 따뜻했다.

.

.

.

"애들아! 오늘은 눈도 많이 쌓였으니까 눈싸움이나 하러 야외 수업할까?"

승준과 서이가 즉각 반응하며 춤을 췄다. 춥다며 투정하는 슬혜를 유성이 끌고 마을 잔디밭으로 향했다.

슬혜는 아이들의 눈 폭탄 세례를 맞고 있었다. 유성은 그런 아이들과 슬혜를 조용히 웃으며 지켜보았다. 슬혜가 도와달라는 신호를 유성에게 주더니 유성은 눈을 굴렸다.

'설, 설마….'

유성도 슬혜를 향해 눈덩이를 던지기 시작했다. 슬혜가 유성을 피해 도망 다니자 유성은 죽일 듯이 그녀를 따라왔다.

"아, 아니…. 강유성 너 이렇게까지?"

말은 그렇게 했어도 슬혜는 웃고 있었다. 조금 더 달리니 마을 뒷산의 숲 안으로 들어 와버렸다.

"우, 우리 가봐야 하는 거 아니야? 얘들이 찾겠다…."

슬혜의 말에도 유성은 조용히 그녀에게 다가왔다. 슬혜는 그때 깨달았다. 유성이 밖으로 나오자고 한 진짜 이유를…. 유성은 그녀에게 다가가 자연스레 체중을 실었다. 그 둘은 눈밭에 뒹굴렀다. 나무 사이로 들어오는 햇빛에 비치는 슬혜의 모습은 어느 때보다 아름다웠고 유성은 그녀의 입술을 자신의 입술에 마주대었다. 눈밭에서의 남녀의 첫 키스는 매우 달콤했고 차가웠다.

멀리서 아이들이 '못찾겠다 꾀꼬리'를 외쳤다.

작가의 말

　겨울방학 중 후기를 쓰게 되었습니다. 방학 때 공부를 열심히 해야 한다는 저희 집 여사님의 신념 덕분에 바쁜 나날을 보내고 있습니다. (맞는 말이고 나보다 열심히 하는 친구들이 많아 딱히 반박할 수는 없군요ㅎ) 후기를 쓰는 와중에도 열심히 해서 외고 가자는 덕담(?)이 부엌에서 들려오네요. 이렇게 개인적으로 바쁜 방학에서 글은 저의 유일한 취미였던 것 같습니다. 어릴 때부터 책을 많이 좋아했습니다. 지금도 몰래 아빠의 서재에 들어가 책장의 소설을 빼서 보곤 합니다. 하지만 이렇게 소설을 직접 써보는 기회는 처음 접해봤습니다.

　책을 읽기만 했던 사람으로서 책을 잘 쓸 수 있을지는 의문이었습니다. 먼저 소설을 쓰던 친구의 중도 포기로 저도 마음이 흔들렸던 순간들이 있었습니다. 하지만 소설이 끝으로 갈수록 제게 남아있는 감정은 뿌듯함뿐이었고 잘 썼든 못 썼든 누구보다 재밌게 즐기며 마무리 지었습니다. 그런 글이 출판된다니… 부끄럽기만 하군요.

　처음에는 스릴러 소설을 적으려 했습니다. 계속 쓰다 보니 누군가 죽고 서로 총 쏘는 식상한 이야기가 되어버려 마음에 들지 않았습니다.

그때 작년 겨울의 문경여행이 떠올랐고 그곳에서 일어나는 로맨스 이야기를 써보고 싶었습니다. 마무리 단계를 거치던 스릴러 소설을 과감히 삭제하고 부족한 시간을 쪼개어 간신히 소설 제출에 성공했습니다. 저 자신은 매우 만족스럽지만 주제가 로맨스다 보니 다시 읽을 땐 낯간지러웠습니다. 친구들과 가족들에게 이 소설을 어떻게 보여줄까 걱정되기도 합니다. 정작 연애도 못 하는 놈이 로맨스 소설을 썼다니… 그래도 제가 가지고 있는 모든 연애 지식을 꺼내어 쓴 소설이니 웃지 말고 읽어주시길…. 제가 사는 대구에는 눈이 많이 내리지 않습니다. 그래서 눈이 조금 더 희망적이고 밝은 분위기로 제게 다가옵니다. 그래서 전 눈을 닮고 싶습니다.

　유성과 슬혜처럼, 눈이 되어 옆에 살포시 앉을 수 있는, 그런 사람.

    *** 제 소설 〈다섯번째 계절〉은 '인공지능이 고도로 발달한 미래사회에서는 사람과 로봇이 친구가 될 수 있을까?'라는 질문에서 출발한 이야기로 인공지능으로부터 가족을 잃은 주인공 '희나'가 인공지능 로봇 '지누'를 만나 진정한 친구가 되어가는 이야기입니다.

다섯 번째 계절

정지우

희나[기쁠 喜 ,붙잡을 拏]

기쁨을 붙잡아라. 이름처럼 찬란한 삶을 살라고..

웃기고 있네,

이딴게 다 무슨 소용이야? 이 쓰레기 같은 곳에서 내 손에 잡히는 게 있긴 해?

.

.

.

"씨발... 이딴거 필요없다고!"

"하지만 학생... 이건 나라에서 필수적으로 보급하는.."

"됐다고요. 이런 거. 나 혼자서도!.. 충분하다고요.."

희나는 읍사무소의 의자를 박차고 일어났다.

"학생..!"

뒤에서 애타게 부르는 직원의 목소리가 들렸지만 그건 알 바가 아니었다.

"직원도 인공지능으로 다 갈아엎지 그래. 그 역겨운 것들로.."

표정을 잔뜩 구기고 읍사무소를 나온 희나는 조용히 욕을 곱씹으며 자신의 유일한 쉼터, 아니면 그조차도 안될 자신의 집으로 향했다.

BM-01487 구역

사회의 가장 밑바닥에 있는 사람들이 사는, 세상의 모퉁이 끝자락.

장대한 발전을 이룬 2081년의 대한민국 사회도 여전히 해결하지 못한 어쩌면 더 심해졌을 빈민.

눈부신 도시의 불빛 아래, 그 눈부심에 메말라가며 그늘에 살아가는 사람들 .

"안드로이드? 최신 인공지능? 말도 안되는 소리. 더러운 금속 철덩이들,,"

구역 출입구의 헐거운 보안장치에 자신의 눈을 가져다대며 희나가 중얼거렸다.

동네로 들어서자 익숙한 퀴퀴한 냄새가 풍겨왔다.

"윽,, 이 집 사람은 맨날 이래? 이것 좀 치워달라니까,,"

발에 걸리적거리는 깡통을 툭툭 걷어차며 계단을 오른 희나는 어떤 집앞에 비척비척 다가가섰다. 시대에 걸맞지 않는 짙은 녹색 철판지붕 아래 담쟁이덩굴이 깊게 뿌리내려 낡은 벽면을 기어오르고 있는 이곳은, 희나의 집이다.

희나는 낡은 철문에 덜렁거리는 손잡이를 비틀어 밀었다.

끼익-

조그만한 창문으로 희미하게 노을빛이 들어와 집 안을 흐리게 비추었다.

"하.. 피곤해."

그대로 바닥에 픽 누운 희나는 가만히 검은 곰팡이가 짙게 핀 천장을 한참이나 멍하니 보다가 스륵, 잠에 들었다.

.

.

8시 32분, 지각이다. 어제 빨리 잤어야 했는데. 또 교문에서 잡히겠네,, 나는 서둘러 교복을 대충 챙겨입고 집을 나섰다. 한참을 달려 도착한 교문은 굳게 닫혀 있었다. 어? 아,,바보같이. 방학이잖아.

터덜거리며 다시 집으로 돌아가는 길에, 가게 유리창에 비친 내 모습이 보였다. 급하게 입느라 비뚤어진 셔츠, 뒤로 뻗친 머리.

"하아…."
영락없이 바보같은 내 모습에 헛웃음이 나왔다.

.

.

천천히 익숙한 풍경을 보며 거리를 정처없이 걸었다. 얼마나 흘렀을까, 걷다보니 동네의 외곽에 자리잡은, 어제 자리를 박차고 나온 읍사무소가 보였다.

도로 발걸음을 돌려 왔던 길을 되돌아가려 했지만, 왠지 모르게 발걸음이 떨어지지 않는다. 집에 돌아가면,,뭐가 있지?

라면 몇 봉지, 생수 몇 병, 작은 냉장고, 나의 책상,그리고,, 가족사진.

그리고,

'되게 별거 없네.. 초라하게.'

또 그리고,

" ..외롭다."

인공지능 그거, 한번 받아볼까..날씨가 점점 서늘해져 그런가,

쓸데없는 생각이 자꾸 떠오른다.

.

.

.

-며칠 후-

희나는 얼굴을 살짝 찡그리고 입술을 깨문 채 얌전히 읍사무소의 의자 위에 앉아 있다.

'역시 오는 게 아니었어.'

"학생! 듣고 있어요? 잘 듣고 수령해야 돼요! 2084..에 ...다시 ..해가,,, 초기화,,"

크리스마스 이브에 이 곳에 앉아있는 게 짜증나는 듯 직원이 날카로운 어투로 말을 하고 있었다.

"네? 뭐라..뭐라고요?"

"아유 학생! 다시 설명,,!"

답답해하는 직원의 말을 끊고 희나가 소리쳤다.

"아뇨! 됐어요. 모-두 동의해요 ! 그러니까..동의..한다고요."

"뭐? 하지만..알았어요. 그때 한 번 더 동의서 작성 해주셔야 해요. 3일 안에 수령할 수 있을 거예요."

직원은 영 내키지 않는 표정이었지만 이내 자신이 해야 할 의무는 다했다는 양 금세 원래의 딱딱하고 고지식한 표정으로 돌아왔다. 희나는 읍사무소를 나와 집으로 터벅터벅 걸었다. 거리가 화려한 조명들로 반짝거렸다. 빨간 털모자와 옷을 입은 인공지능들이 입꼬리를 잔뜩 올린채 캐롤을 재생하고 있었다. 잠깐 마트를 들렀다. 평소였다면 늘 사던 라면을 샀겠지만 오늘은 정육점 쪽으로 향했다.

"어? 학생 여기서 맨날 라면 사가는 학생 아니야? 오늘은 삼겹살이네?"

계산을 하다말고 주인아저씨가 웃으며 말을 건넸다.

"아,, 오늘은,, 그냥요."

희나는 머쓱하게 대꾸하며 꾸깃한 돈을 내밀었다. 교복 후드짚업 주머니에 넣은 손에 몇 장의 지폐와 동전이 잘그락거리는 게 느껴졌다. 이번달을 버틸 남은 생활비였다.

가게를 나오자, 희나는 부쩍 차가워진 공기가 훌쩍 숨 속으로 들어오는 걸 느꼈다.

"춥다."

희나는 돈이 든 주머니의 반대편에 고기비닐 봉지를 우겨 넣었다. 주머니에 손을 넣고 바쁘게 걷는 희나의 발걸음이 어쩐지 유쾌했다. 조금은 특별한 크리스마스 이브였다.

.

.

.

〈2084.XX.XX〉

날 처음만난 날을 넌 기억할까? 난 아직도 이렇게나 선명한데 말이야.

갈피 잃은 눈 ,마구 흔든 듯 부스스한 단발, 떨리던 입술까지.

뭐, 넌 내가 모든걸 데이터로 저장하면 되니까 그렇다 할지도 모르겠네, 하하. 그날은 너희들이 흔히 말하는 나의 '삶'의 시작이었어. 음, 정확히는 너가 내 [이름] 을 지어준 순간부터,,

.

.

.

쾅쾅쾅!

"계세요? ..계십니까?"

이 저녁시간에 누구지?

"누구세요.."

난 조심스럽게 문을 열었다.

"아, 계셨군요. 수령하시기로 한 보급형 인공지능 1세대 기기입니다."

"어..배달은 로봇이 해주는 거 아닌가요?"

"원래 그렇게 배달될 예정이었는데, 이곳 지형이 배달 로봇이 이동하기는 조금 까다로워서.."

배달원이 어색하게 웃으며 나에게 대꾸했다.

"아, 네."

"동의서, 맞춤제작 목록 읽어보시고, 동의해주시면 됩니다."

나는 그가 내민 종이를 받아들었다. 빽빽하게 적힌 글씨가 동의서를 빼곡히 채우고 있었다. 이건 일단 넘기고,

'맞춤제작목록' 이게 중요하다고 했지. 말 그대로 이 인공지능의 연령, 성별을 사용자가 선택할 수 있다는 것이고.

- 정신연령 : 15 ~ 20세

- 성별: 중성

"모두 맞네요. 동의할게요."

"네, 알겠습니다."

배달원은 나에게 종이를 받아들곤 그 밖의 작동법 등을 설명해주고 바쁘게 계단을 내려갔다. 포장지를 급하게 뜯었다. 찢어진 포장지 사이로 사람처럼 자연스러운 얼굴이 드러나고 있었다.

그 얼굴을 보자, 갑자기 속이 울렁거렸다. 지난 며칠 둔감해졌던 신경이 다시 핏대를 날카롭게 세우는 듯한 느낌이 온 몸에 퍼져갔다.

내가 이래도 되는 걸까? 엄마 아빠는, 인공지능에게 그런 일을 당했는데. 내가..이러면 안되는잖아. 그렇게 포장지를 어색하게 더듬거리며 다시 덮어놓으려는 그 순간,

"사용자 인식. 홍채인식 실행. 삑 - 사용자 '조희나' 인식되었습니다."

"어어?"

너와 나의 눈이 마주쳤다.

.

.

.

〈2084.XX.XX〉

너는 날 [지누] 라고 지어줬지. 내가 무슨 의미냐고 묻자 너는 이름에 의미가 있는 게 싫다며 작게 짜증을 내곤 조용히 고개를 숙이고 있었는데 , 방금 세상에 눈을 뜬 난 그게 '슬픔'이라고 생각했어. 지금 생각하면 그건 16살 여자아이가 감당하기는 벅찬 짙은 외로움이었을 거야.

그렇지? 하하, 이런 말 하면 너는 간지럽다고 그만 말하라 할까..

.

.

.

나는 끊임없이 갈등 하고 있었다.

어차피 강제적으로 3개월 안에 일어날 일이었지만, 나라에서 강제하여 억지로 수령을 받는 것과 내가 이걸 스스로 집에 들여온 것은 전혀 다른 문제다. 내손으로, 내가 선택해서 이 고철덩이를 집안에 들여놓은 것이다. ..이름을 지어주었다. 지누,라고. 정말로 순간적으로 지어준 이름이었다. 이름이 뭐가 중요하다고.. 내 눈앞의 저 고철덩이는 내가 지어준 이름을 중얼거리며 보잘것 없는 나의 집을 '탐색' 하고 있었다. 나는 그 모습을 가만히 보고 있기가 힘들어서 집밖에 나와 계단에 앉았다. 저 멀리로 휘황한 도시의 불빛이 보였다. 물고기 떼처럼 북적거리는 인파와 자동차가 신경질적으로 빠르게 움직이고 있었다.

"안녕하세요."

갑자기 뒤에서 인기척이 느껴져서 보니 그 녀석이 내 뒷쪽에 엉거주춤 서서 날 보고 있었다.

"존댓말 하지마, 어색하니까."

나랑 비슷한 나인데 왜 존댓말을 하는건지 ..

"..알았어."

금세 적응한 녀석이 곧장 반말을 했다.

"이거, 입으라고.."

희미한 가로등 불빛 아래에서 내민 손에 후드집업이 들려 있었다. 이것도 다 저장된 데이터값이겠지, 결국 언젠가 우리 가족을 앗아갔던, 그런 오류가 생길..

나는 옷을 낚아채듯 받아들었다.

"고마워."

억지로 입꼬리를 비틀어 올렸다. 지누가 만족한 듯 웃는 게 보였다. 그래, 결국은 맞닥뜨려야 하는 일이니까. 믿지 않으면 되는 거야, 믿지 않으면,,

.

.

.

희나는 옷장에서 낡은 패딩을 집어 들었다. 이제 계절이 완연

한 겨울에 접어들어 창문으로 찬기운이 서렸다. 오늘은 오랜간만에 물건을 사러 시내에 가는 날이다. 부족한 돈을 쪼개 써야 하니 희나는 살 목록을 적고 있었다.

"양은냄비, 맨투맨 1개, 후드티 1개 ,라면,,"

"예상금액 약 100,000원이야."

" 그 정도로 안 나오거든? 더 싸게 살 수 있는곳 있어."

"…"

"다 됐다."

짐을 다 챙긴 희나는 신발을 구겨 신었다. 희나는 잠깐 망설이다가 입을 뗐다.

".., 다녀올게."

덜컥-문을 닫고 나오려는데 지누가 뒤따라 나오는 모습에 희나는 눈을 동그랗게 떴다.

"넌 왜 따라나와?"

"나는 너를 매일 24시간 보호해야하는 의무가 있으니까."

당연하다는 듯이 말하는 지누의 모습에 희나는 헛웃음이 나왔다. 정말 당연한 것이었기에, 나라에서는 온 국민에게 인공지능 로봇을 필수적으로 보급함과 동시에 사용자의 24시간을 담당 인공지능 로봇이 동행한다는 것을 명시했다. 처음에는 사생활을 침해하는 것이 아니냐는 말이 나왔지만, 정부의 강한 진압에 곧 수그러들었다. 그리고 얼마 지나지 않아 밖에서 사람들과 인공지능 로봇이 함께 다니는 모습을 쉽게 볼 수 있었다.

그렇게 어쩔 수 없이 희나는 지누와 함께 쇼핑을 갔다.

.

.

.

〈2084.XX.XX〉

내가 너를 만나기보다 전, 눈을 떴을 때 내가 아는 건, 단 하나의 법칙뿐이었어.

	〈로봇 4원칙〉
제1원칙	로봇은 인간에게 해를 끼쳐서는 안 되며, 위험에 처해 있는 인간을 방관해서도 안 된다.
제2원칙	제1원칙에 위배되지 않는 경우 로봇은 인간의 명령에 반드시 복종해야만 한다.
제3원칙	제1원칙, 제2원칙에 위배되지 않는 경우 로봇은 자기자신을 보호해야만 한다.
제4원칙	**제 1,2,3 원칙에 위배되는 경우에도 로봇은 자신의 담당인간을 24시간 녹화하여 정보국으로 전송한다.**

사람들은 정말 이상해. 매일 평등을 논하면서 왜 상대를 통제하고 우위를 점하려 하는 거야? 한 치의 의심 없이 믿었던 이 원칙을 의심하게 된 건, 모두 너 때문이었어.

.

.

"이제 양은 냄비는 샀고.."

나는 지누를 데리고 거리를 누비고 있었다.

낡은 슈퍼마켓만 있는 BM- 01487 구역과는 비교도 되지 않는 풍요로움이 도시를 감싸고 있었다. 화려한 3D 전광판 또한 사람들의 시끄러움에 지지 않겠다는 듯이 요란스럽게 번쩍거렸다.

"새로 나온 최신 로봇 R- 23을 사용해보세요!"

"여러분의 친구 ETH 301!"

주말이라 그런가, 정신없는 인파에 휘청거리는 그때 자동차가 이쪽을 향해서 달려왔다.

어어..더 오면..안되는데..어..어..어!

지누가 내 몸을 거칠게 잡아끌었다. 자동차를 막아선 지누의 몸체에 균열이 가며 지직거렸다.

"헉..헉....."

또 이렇게 되는 거야? 그날의 일이 다시 머릿속을 헤집었다.

그날은 그저 평범한 날이었다. 그랬어야만 했다. 중학교에 갓 들어가 새롭게 친구들을 사귀던 나와, 늘 어딘가 바빠 보였던 엄마, 아빠. 평범한 날일 수 있었다. 그러나 , 그 하루는 나에게 가장 끔찍했던 날이 되고 말았다.

2079년 4월 8일. 8시 7분, 나의 가족은 더 이상 生의 인간이 아니었다. 그저, 한 사건의 이름 모를 피해자였다. 인공지능 자율주행 자동차의 오류. 단지 그 말 한마디가 엄마아빠의 죽음을 설명했다.

어떻게 그럴 수 있을까, 어떻게, 어떻게..

.

.

.

끼이익-!

지누는 희나의 앞을 막아섰다. 자율주행자동차에 눌린 몸체가 찌그러졌다.

"뭐야! 갑자기 튀어나오면 어떡해! 배상해 줄거야?"

차주가 차창 밖으로 소리쳤다. 바닥에 주저앉아 있는 희나를 뒤로 하고, 지누가 차창 가까이 다가가 섰다.

"안전벨트 미착용, 기본속도 설정이.. 시속 70km? 차체가 장소인식을 해서 기본 속도 설정에 제한이 있을 텐데…. 불법개조 하셨습니까?"

조목 조목 잘못을 꼬집는 지누의 말에 차주가 말을 더듬었다.

"뭐, 뭐? 너 나랏놈들이 뿌린 고,고철덩이 아니냐? 로봇 주제에 감히 무례하게..!"

적반하장으로 화내는 차주의 행동에 사람들의 시선이 온통 한데 모여 수군거렸다.

"당신이 먼저 무례하게 굴었으니까. 빨리 사과하세요."

지누는 희나를 가리켰다.

".. 미안하네!"

차주는 분한 듯 얼굴이 잔뜩 붉어져선 차를 몰고 꽁무니를 뺐다. 지누는 그제서야 희나에게 가서 상태를 체크했다.

"심박수 평균보다 높음, 호흡 빠름…."

여전히 희나는 바닥에 주저앉아 숨을 거칠게 쉬고 었었다. 지누가 손을 내밀었다.

"일어나. 집에 가자."

희나가 떨리는 손으로 그 손을 꽉 맞잡았다.

.

.

.

〈2084.XX.XX〉

그날 이후로 우리가 '친구'가 된지 이제 3년이야. 다시 생각해보면 그 아저씨한테 고마운 것 같기도 하네. 너한테 늘 다음 계절을 줄 수 있어서 처음으로 행복이란 걸 느껴봤어.

꽃이 흐드러지게 피던 봄에서,

후덥한 밤공기가 땀이 송글한 너의 뺨을 스치던 여름에서,

바람이 함께 걷는 우리 곁을 무심하게 맴돌고 사라지던 가을이,

눈을 뭉쳐 투닥대도 따스하던 겨울에서,

너가 새로운 삶의 의미를 찾았기를.

.

.

.

정부는 제멋대로였다. 마음대로 그것을 던져 주었다가 언제 그랬냐는 듯 눈 깜짝 않고 그것을 다시 앗아갔다.

2084년 12월 24일. 나의 크리스마스 이브는 다시, 발악하는 나의 괴성으로 가득찼다.

" 씨발! 좆까.. 누구 마음대로!"

"이러시면 안 됩니다. 동의하셨잖습니까. '로봇은 수령 예약일부터 3년 후에 다시 정부가 회수해 초기화한다.' 라고."

귀찮다는 듯 직원이 고개를 까딱거렸다.

"안돼.. 절대.."

대문 앞을 막아서서 고개를 내젓는 나의 뒤에서 지누가 고개를 숙이고 있었다.

"..."

검은 정장을 입은 두 직원이 나를 밀치고 내 집을 비집고 들어 갔다.

희나[기쁠 흠 ,붙잡을 拏]

지금 이 순간, 나는 매일 의미 없이 하늘에 띄운 상념과는 비교 도 안되게 간절하고, 애타게 내 이름이 이루어지길 바랐다.

양팔이 직원들에게 잡힌 지누가 가만히 나를 바라봤다. 그저 하나의 카메라일지도 모르지만, 그 눈은, 분명히 울고 있었다.

"식탁 위에 놔 둔 칩..꼭 봐."

네가 커다란 트럭 위로 올라탔다. 이미 다른 로봇들로 빽빽이 채워진 트럭이 너를 싣고 달리기 시작했다.

저 멀리로 지는 노을 사이로, 우리의 계절이 지나간다.

딸깍, 너무 울어 메마른 얼굴로 칩을 작동시켰다. 너는 도대체 뭘 기록해 놓은 걸까..

너의 수많은 기록들이 나의 눈 안에 들어왔다. 지난 시간에 대 한 너의 감상을 보았고, 나에 대한 애정을 보았다. 그리고 네가 몇 달간 날 감시했다는 걸, 이내 그 원칙을 어기며 점점 나와 같은 인 간이 되어간 기록들을 보았다. 이제, 난 새로운 계절을 다시 써야 했다.

.

.

.

.

〈2084.12.24〉

네가 이 글을 보고 있는 건, 이 모든 기록들을 다 봤다는 거겠지.

이제 이 기록을 마칠게.

미리. 메리 크리스마스.

[더 이상 스크롤 할 페이지가 없습니다.]

나는 보기 위해 눈을 감는다.

-폴 고갱

작가의 말

평소 책읽는 것을 좋아해 글 쓰는 것에도 관심을 가지고 있었는데, 이번 초단편소설쓰기반에 들어와 제 첫 소설을 쓰게 되었습니다. 줄거리를 구상하는 데에도 고민이 많았는데 평소 관심을 가지고 있던 '인공지능'을 주제로 잡고 이야기를 쓰기 시작했습니다.

2081년, 고도로 발달한 인공지능과 진실한 우정을 나누는 인간의 이야기와 더불어 그 인공지능을 이용해 자신이 높이 올라서려 하는 이기적인 부류를 대비시켜 세상의 이면과 모순을 말하고 싶었습니다. 하지만 다양한 시선이 있는 만큼 각자의 해석으로 이 이야기를 읽어주셨으면 해요.

읽는 것만 해봤지, 쓰는 것은 처음이라 여러 고민과 어려움을 느꼈는데 어느새 이야기의 끝을 맺고 소설과 함께 출판될 후기를 작성하니 새삼 기분이 묘합니다. 여러 흠이 있는 제 글을 다른 분이 보신다니 걱정이 되기도 하지만 제가 쓴 활자 하나하나가 이야기가 되어 세상에 나간다 하니 설레고 마음이 벅차네요. 이번 기회로 '작가' 라는 직업에 한발 더 다가선 듯합니다.

다음에 또 기회가 주어진다면 더 완성도 있는 글을 쓰고 싶어요. 이만 여기서 후기를 마치겠습니다.

지금까지 읽어주셔서 감사합니다.

    *** 이 글은 중학생 '세인이'가 초능력을 가지게 되어 펼쳐지는 일들을 담은 이야기입니다. 모두가 한번쯤은 갖고 싶어 하는 초능력! 저도 초능력을 갖고 싶었는데 만약 초능력을 저와 같은 중학생 또래 아이가 가지게 된다면 일어날 일들에 저의 가치관을 조금 섞어서 글을 썼습니다. 재미있게 읽어주시면 감사하겠습니다.

미래를 보았다

최은석

(띵동댕동 딩동댕동)

"얘들아 오늘 수업은 여기까지."

'아…. 드디어 끝났네.'

나는 복도를 걷던 중 유강이의 발에 걸려 넘어졌다.

"어, 미안 실수로 ㅋㅋ"

"이세인 바보 같은 놈.ㅋㅋㅋ 겁나 멍청해.ㅋㅋ"

'하 이 이 녀석들 또 시비네.'

하지만 나는 아무것도 할 수 없다. 왜냐하면 나는 힘이 약하고 찐따이기 때문이다.

"얘들아 가자."

원래 유강이도 나쁜 애는 아니었는데 중학교에 들어서며 한 2 개월 후 쯤에 나쁜 애들과 어울리며 저렇게 되어버렸다. 나는 학교를 나와 학원에 가기 전에 동네 벤치에 앉아서 시간이 가기를 기다리고 있었다. 그런데 새로운 상가가 들어서 있었다.

원래는 '치킨의 달인'이 있었는데 요 근방에 치킨집이 워낙 많이 있어서 폐업을 한 것 같다.

새로운 상가의 이름이 신기했다, '용 할머니의 초능력 거래소'. 시간도 많이 있겠다. 재미 삼아 용 할머니의 초능력 거래소로 가기로 했다. 나도 어릴 땐 초능력을 가지고 싶었던 로망이 있었기에 더욱 흥미로웠다. 초능력 거래소에는 늙고 흰머리가 빽빽한 할머니가 있었다.

"안녕하세요?"

"어 학생 안녕."

용 할머니 초능력 거래소에는 갖가지 초능력이 있었다. 미래를 보는 초능력, 순간이동 초능력, 천리안 초능력, 심지어 수능 만점 초능력도 있었다.

"그런데 초능력 하나에 얼마예요?"

"초능력은 돈으로 못 사유. 초능력은 초능력으로만 살 수 있어유."

"네?"

"그르니까 학생이 가지고 있는 초능력을 팔고 초능력을 사가면 돼유."

"근데 저는 초능력이 없는데요."

"기다려봐유."

갑자기 용 할머니가 서랍을 뒤지더니 이상한 구슬 한 개를 가져왔다. 그리고 눈을 부릅 뜨시더니 나의 몸을 스캔하기 시작했다.

"음… 학생은 총 초능력 1024개 있구만유. 보니깐 뭐 다양한 거 많네유. 옷 빨리 갈아입기, 계산 빨리 하기, 책 빨리 읽기, 손 빠르게 움직이기 등등."

"네? 제가요?"

"원래 초능력은 말이여. 자신은 익숙해서 알지 못해. 그르치만 사람이 원래 가지고 있는 고유한 능력이에유. 옛말에 굼벵이도 구르는 재주가 있다잖유."

"어 그러면… 이 미래를 보는 초능력을 살리려면 제 초능력 몇 개를 팔아야 하나요?"

나는 요즘 유강이한테 계속 맞고 다니기에 그 공격들을 피할 능력이 필요했다.

"원래는 1500개에 팔아유. 하지만 오늘 개업 첫날이니께 세일해 드려 1000개에 팔게유. 그리고 초능력을 거래하려면 초능력의 신한테 먼저 가서 서약서를 쓰고 오셔야 해유."

"근데 제가 지금 곧 학원을 가야 하는데… 오래 걸리지 않겠죠?"

"그라면 영수증 뽑아드릴 테니까 거기에 3*3마방진을 그려서 '아브리오 랠래요'라고 외치시면 초능력의 신을 만날 수 있어유."

"네… 그렇게 할게요."

나는 바로 영수증을 받아서 학원으로 달려갔다. 하필 오늘 학원 반 바뀐 날이라 선생님한테 잘 보여야 한다. 만약 늦는다면 찍힐 수도 있다. 그런데 또 신호등이 내 눈 앞에서 빨간불로 바뀌고 말았다.

'이런 젠장.'

"세인아, 왜 늦었니?"

"아, 저 배 아파서 화장실에서 설사 눴는데 벌써 시간이 이렇게 된 줄 몰랐어요."

원래 거짓말 하려고는 안 했는데 자연스럽게 나와버렸다. 선생님은 더 이상 혼내시지 않고,

"일단 너는 유강이 뒤에 앉으렴."

이라고 말했다.

"네?"

나는 나의 귀를 의심했다. 유강이는 원래 이 학원을 다니지 않았는데 어떻게 된 것인가?

그래도 지금 소란을 피우면 수업에 더 방해가 되므로 일단 자리에 가서 앉았다. 나는 수업을 들으면서 계속 초능력 생각밖에 안했다. 진짜로 초능력을 얻을 수 있을까? 수업은 너무 지루해서 대충 흘려들었다.

"얘들아 이제 단어 시험 치자."

그래도 어제 단어는 열심히 외워왔기 때문에 괜찮았다. 그 때 유강이가 갑자기 말을 걸었다.

"야 단어시험 치고 창문 통해 보여줘라. 비친 거 보고 베끼게."

"내가 그걸 너한테 왜 보여줘?"

"야 너 학교에서 덜 쳐 맞았냐? 뭐 이리 당당해?"

'내가 당당한 게 아니라 지가 뻔뻔한 거면서…'

하지만 이렇게 말하면 더 얻어터져야 한다.

"아… 너는 이렇게 해서 점수 잘 맞고 싶…. 아니다, 그냥 보여줄게."

"오케이. 개이득."

그 때 선생님이 시험지를 나누어 주셨다.

"자 다들 시험 시작!"

나는 빠른 속도로 답을 적어가기 시작했다. 우리 영어학원은 뜻만 적으면 돼서 어려운 단어들을 철자를 힘들게 외울 필요가 없었다.

"야, 안 보이잖아. 제대로 보여줘!"

"아, 여기 있으니까. 니가 알아서 봐."

'와 유강이가 진짜 많이 변했네. 초등학교 때는 안 이랬는데……'

"자 다들 시험종료!"

선생님이 시험지를 매기는 동안 나는 로이에게 말을 걸었다.

"로이야, 시험 잘 쳤어?"

"응, 뭐 나쁘지 않게."

로이는 우리 학교에서 공부를 잘하기로 매우 유명하다. 나와 같은 중1인데 특히 수학을 엄청 잘해서 그 수준이 고등학교 3학년 수준이라 한다. 그런데 로이가 특히 영어에 조금 약해서 이 학원을 다닌다 한다. 나는 로이가 마음에 들었다. 착한데 공부도 잘하니까 그야말로 만능이었다.

"자, 로이, 세인, 유강 100점이고 나머지 학생들은 틀린 거 5번씩 적어오세요. 그럼 오늘 수업 끝."

나는 수업이 끝나자마자 바로 집으로 빛의 속도로 달려갔다. 머릿속엔 초능력에 대한 생각뿐이었다.

"엄마, 나 왔어."

"어, 지금 밥 다 했으니까 빨리 손씻고 와."

"네."

아빠는 일하고 늦게 들어오셔서 나는 항상 엄마랑 같이 밥을 먹는다. 나는 빨리 손 씻고 와서 밥을 먹었다.

"세인아, 오늘은 별 일 없었니?"

"음, 딱히 없었어."

솔직히 유강이가 우리 영어학원에 온 게 마음에 걸리긴 했지만 괜히 말했다간 엄마가 걱정만 할 것 같아 그냥 그 말은 꺼내지 않았다.

"잘 먹었습니다."

나는 바로 내 방에 들어가서 가방에 쑤셔넣었던 영수증을 꺼냈다. 내가 또 수학은 잘하기에 내가 알고 있는 3*3마방진을 그렸다.

"아브리오 랠래요!"

그랬더니 갑자기 영수증이 빛나더니 시공간 차원 문이 생겼다. 그때였다. 엄마가 내방으로 오는 소리가 들렸다. 난 이 광경을 들키지 않기 위해 반사적으로 차원 문을 통과했다. 순간 3초 동안 엄청나게 빛나더니 거대한 초능력 신이 나타났다.

"그대는 누구인가?"

"저.. 저는 선도중학교 1학년 2반 12번 이세인입니닷!"

"그렇구나. 그대는 원하는 게 무엇이냐?"

"미래를 예측하는 초능력을 가지고 싶습니다."

"그대여, 초능력을 거래할 때는 서약서 작성해야 한다네."

초능력 신이 손가락을 튕기자 내손에 서약서와 볼펜이 있었다. 서약서에는 내가 교환할 1000개의 초능력이 가나다 순으로 정리되어 있었고, 그 아래에는 이렇게 적혀 있었다.

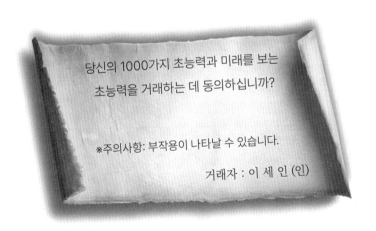

당신의 1000가지 초능력과 미래를 보는
초능력을 거래하는 데 동의하십니까?

※주의사항: 부작용이 나타날 수 있습니다.

거래자 : 이 세 인 (인)

'뭐, 부작용 별 거 있겠어?'

나는 바로 사인을 했다. 그 순간 뇌에서 찌릿 하는 느낌이 들더니 갑자기 눈이 스르르 감겼다.

.

.

.

일어나 보니, 나는 다시 집에 있었다. 엄마가 들어왔다.

"세인아, 간식 먹으렴."

딱 시공간 차원 문을 통과하기 전 그 시간에 멈춰있었던 것 같다.

"네, 잘 먹겠습니다."

아직까지는 초능력이 실감이 나지 않았다. 그래서 나는 빨리 간식 먹고 양치를 했다. 그리고 자려고 누웠는데 잠이 잘 오지 않았다. 아마 내 1000가지 초능력 중 '빨리 자는 초능력'이 사라져서 그런 것일 것이다.

다음 날, 나는 8시에 깼다.

"와씨, 지각하겠네."

나는 준비를 대충 하고 학교에 갔다. 허겁지겁 달려온 덕에 지각은 면할 수 있었다. 반에 들어갔을 때 유강이가 또 발을 걸어왔다. 그런데 나는 그 태클을 자동반사적으로 피해버렸다.

"오, 감히 피하셨겠다?"

'오메, 미친 어떡하지….'

그 순간 유강이의 팔이 나의 배를 향해 날아왔다. 나는 그것도 피해버렸다. 그리고 유강이의 팔을 재끼고 바닥에 꽂아버렸다.

'이게 바로 초능력의 힘인가?'

신기했다. 그 순간 국어선생님이 들어오셨다.

"수업시간인데 책도 안 가져와놓고 싸움질이야? 둘 다 밖에 나가 무릎 꿇고 손들고 있어!"

국어선생님은 공부는 잘 가르치시는데 화를 잘 내기로 유명하다. 아무리 늦잠을 잤어도 교과서를 안 챙기다니, 나답지 않다. 이것도 교환한 초능력 목록에 있었나? 그저나저나 유강이 얘는 진짜 왜 계속 나한테만 시비를 거는지 모르겠다. 그래도 좋은 점이 수업을 안 들을 수 있다는 것이었다. 손 들고 있다가 조금 힘들면 손을 내리면 된다. 어차피 아무도 안 보고 있으니까….

"야 너 손 똑바로 안 드냐?"

'아… 맞다. 유강이가 내 옆에 있었지?'

"어차피 너도 안 들거잖… 어?"

유강이가 손을 똑바로 들고 있었다. 할 말이 없어진 나는 손을 들었다.

"근데 니가 왠일이냐? 교과서를 안 가져오고. 너 원래 찐따 범생이잖아."

"……."

초능력이 사라진 것 같다는 말을 유강이에게 할 수는 없었다.

"암튼 이번 시간 끝나고 너 죽었어. 감히 애들 다 있는 데서 나한테 까불어?"

'네가 먼저 태클 걸었잖아'라고 말하고 싶었지만 괜히 말소리가 커지면 더 혼나기 때문에 참았다. 그 후에 나는 계속 아무 생각 없이 손만 들고 있었는데 선생님 우리 쪽으로 오시는 모습이 뇌리에 스쳤다. 조금 있더니 진짜로 쌤이 나오셨다.

"니들 이제 들어와."

"네."

"자 그럼 수업 이어나가도록 할게요. 자…. 비유법이란……."

국어는 진짜 재미없는 과목이다. 맨날 지문이나 시 읽고 그걸 분석하고 항상 이것이 반복된다. 그런데 이 과정이 재미없어서 국어는 재미가 없다. 하….

"이세인!! 집중 안 해? 아직 정신 못 차렸니?"

"죄송합니다."

진짜 짜증난다. 오늘 따라 왜 자꾸 선생님한테 걸리는 거지?

"자 그럼 다들 오늘 수업 숙제로 비유법을 이용한 시를 하나 지어 오세요. 안 해오면 벌점입니다."

"아… ."

애들의 입에서 곡소리가 터져 나왔다. 다른 수업들을 마치고 나는 바로 용 할머니의 초능력 거래소로 갔다.

"할머니, 저 왔어요."

"학생은 어제 이쯤에 나한테 영수증을 받아간 친구지?"

"네, 근데 이거 초능력을 쓰니까 제 몸이 제 몸 같지가 않던데요. 원래 그런 건가요?"

"할머니가 말했잖슈. 초능력은 원래 자기는 익숙해서 모르지만 가지고 있는거라고유. 점점 익숙해질 거에유. 걱정 마슈."

"근데 저 어제 초능력의 신한테서 새로운 이야기를 하나 들었는데 초능력에는 부작용이 있다고 했는데 그게 뭘까요?"

"음, 그것은 차차 알게 될낀데 부작용의 정도는 나타나기 전까지는 모르지. 부작용은 거스를 수 없는 것이에유."

"네, 그러면 부작용이 나타나면 다시 한 번 찾아뵐게요. 안녕히 계세요~~"

"그려유~"

나는 오늘 학원이 없었기에 다시 바로 집으로 향했다. 평소처럼 골목길을 지나가는 그 순간, 로이를 발견했다. 그런데 하필 그 옆에 유강이가 있었다. 나는 일단 숨어서 서로 대화 내용을 들어봤다.

"로이야, 오늘 일정 있어?"

"아니, 딱히 없는데."

"그럼 나랑 같이 저기 피시방이나 갈래?"

"오늘 집에 가서 내일 학원 숙제해야 되는데.."

"그거 내일 하면 되잖아. 오늘 피시방 돈 내가 내줄게. 가자."

점점 화가 나기 시작했다. 유강이가 로이를 나쁘게 물들이려 하는 것 같았다. 나는 참지 못하고 달려들었다. 원래 같으면 못하지만 지금의 나는 미래가 보인다.

"이유강, 이 나쁜 자식아 날라리 짓거리 할 거면 니 혼자 하지. 로이는 왜 건드려!"

유강이는 순간 당황하더니 바로 나에게 주먹을 여러 번 날렸다. 나는 초능력의 힘으로 모두 피해버리고선 유강이의 멱살을 잡고 벽에 붙였다.

"왜 계속 남들한테 피해를 주냐고? 아주 그냥 질풍노도의 시기지?"

"너.. 켁 .. 어떻게 다… 커억..피한 거지?"

"그게 니 알 바냐고."

초능력이 피하는 것 말고도 약간의 힘을 더 주는 것 같았다. 이제 막 유강이를 혼내주려고 한 순간..

"세인아. 그만 좀 해!"

로이가 나에게 소리쳤다.

"유강이는 나에게 처음으로 말을 걸어주고 계속 도와준 친구
란 말이야. 나는 초등학교 때 친구가 많이 없었어. 그래서 외로운
순간들이 자주 있었지. 그 때마다 나에게 힘이 되어준 게 유강이
였단 말이야! 네가 뭔데 이러는 거야?"

"아니 근데 아무리 그래도…."

"니가 뭘 안다고 그래? 그리고 너 이렇게 폭력적이지 않았잖
아?"

"아니 그게 아니라……."

로이는 유강이와 나를 남겨두고 떠나버렸다.

그 순간 유강이의 심장에서 1분 타이머가 시작됐다. 나는 그것
이 어떻게 되는 것인지 몰랐기 때문에 자리를 떴다. 왠지 불안했
다. 그 타이머는 무엇을 뜻하는 것일까?

다음 날, 학교에 왔다. 그런데 뜻밖의 일이 벌어져 있었다. 바로
유강이가 학교에 오지 않은 것이다. 나는 평소에 유강이와 어울
리던 애한테 유강이의 행방을 물었다.

"이유강 걔 왜 오늘 학교 안 왔어?"

"걔 어제 횡단보도에서 무단횡단하다가 차에 치여서 죽었잖아.
같은 반 친구인데 그것도 모르냐?"

설마 그 때 그 타이머가…. 에이 아닐 거야. 그럴 리가 없어.

"근데 그 녀석 사망 시각은 언제래?"

"그걸 내가 어떻게 아냐?"

오늘 학교에서 나는 계속 불안에 떨어야 했다.

만약 그 타이머가 끝난 후 죽은 거라면 유강이의 죽음에는 나의 잘못도 어느 정도 있다. 나는 유강이가 죽을 것을 타이머로 보았음에도 지키지 못했다. 물론 그 때는 내가 타이머의 의미를 깨닫지 못했었지만 왠지 내 잘못인 것 같았다. 그 와중에 국어 수업 비유를 이용한 시 쓰기를 덜 해와서 선생님한테 혼났다.

학교가 끝난 뒤 나는 바로 용 할머니의 초능력 거래소로 달려 갔다. 그런데 그곳에는 용 할머니가 없었다. 용 할머니는 어디로 간 것일까? 나는 일단 안으로 들어가 용 할머니의 흔적을 찾아보 았다. 종이 한 장을 발견했다. 거기에는 이렇게 적혀있었다.

혹시 긴박한 상황에 이 글을 보았다면
루미산 정상으로 올라오시오.

-D-

아마도 여기서 D는 용머니의 용(Dragon)의 D일이다. 루미산은 생각보다 그렇게 높지 않고 근처에 있는 산이기에 쉽게 갈 수 있다.

'아 맞다. 영어학원!'

지금은 3시 20분 영어학원은 4시 반에 시작한다.

'에이, 뭐 어쩔 수 없지. 일단 오르고 보자.'

나는 등산을 시작했다. 원래 나는 아빠와 자주 등산을 다녀서 루미산 정도는 가뿐히 오른다. 하지만 지금은 조금 힘들었다. 산 잘 타는 것도 원래 초능력이었나 보다. 그래도 정상까지 열심히 올라가니 허름한 오두막집이 보였다. 현 시각 3시 50분. 한 30분 걸렸으므로 내가 오두막집에 들어갔다가 내려가면 시간이 좀 빠듯할 것이다.

'그래도 어쩔 수 없지. 여기까지 올라왔는데 내려가면 너무 허무하니까.'

오두막집으로 들어갔다. 오두막집 안에는 나이 든 아주머니가 기도를 하고 있었다.

"혹시 여기 용 할머니 계시나요?"

"혹시 세인이 학생인가?"

"제 이름은 어떻게 아신 거죠?"

"에휴 눈치가 없구만. 허허, 내가 용 할머니구먼유."

"아아아, 할머니? 몰라봤어요. 안녕하세요. 왜 이렇게 젊어지신 거예요?"

"이게 모두 다 초능력 신의 능력인 거여유. 여기까지 올라온 걸 보니 긴박한 일이 생겼나 보쥬?"

이게 진짜 믿어도 되는 일인가 살짝 의심이 들었지만 지금 그런 걸 생각할 때가 아니었다.

"저 부작용이 드디어 발발한 것 같습니다."

"어떤 부작용인가?"

"그게……. 제가 사람의 죽음을 미리 알 수 있는 것 같습니다. 이대로 계속 가다간 사람의 생명을 지키지 못했다는 자괴감에 빠져 미쳐버릴 것 같아요."

"어험. 미리 말했잖나. 서약서를 쓸 때 좀 더 신경을 썼어야지."

"혹시 이 부작용을 멈출 수 있는 방법은 없을까요?"

"그게……. 방법이 한 개 있긴 한디. 이 방법을 쓸려면 자신의 목숨을 걸어야 할 수도 있네."

목숨…… 아무리 그래도 이 부작용 하나 때문에 목숨을 걸기는 좀 힘들 것 같았다.

"어, 근데 그거 하나 때문에 목숨을 걸기는 좀….."

"그럼 뭐 계속 그렇게 살아야지유."

"좀만 더 생각을 해보고 다시 찾아올게요."

"그러슈."

"그럼 안녕히 계세요."

나는 바로 오두막집에서 나와 바로 학원으로 향했다. 산을 다 내려가니 4시 40분이었다.

'하, 전에도 지각했는데도 오늘 또 지각하면 쌤한테 오지게 혼날텐데.'

그 순간 머릿속에 내가 혼나는 모습이 떠올랐다. 역시 내가 본 미래는 틀리지 않았다. 나는 학원에 들어가자마자 선생님한테 한소리를 들었다.

"이세인, 또 또 지각이네. 요즘 들어 왜 그러지?"

"아, 그게…."

"어디서 변명이나 하려고! 민폐 주지 말고 그냥 앉아."

오늘 나는 하루종일 쭈뼛거려야 했다. 쌤한테 혼나가지고 질문하고 싶은 것도 질문하지 못하고…. 게다가 옆에는 어제 싸운 로이가 있고 어떡해야 할지 모르겠다. 그래서 그냥 가만히 앉아서 수업이나 들었다. 영어 학원이 끝났다. 나는 집으로 돌아가려는데 갑자기 시계 회전하는 소리가 들렸다. 근데 이 소리는 익숙했다. 어제 유강이의 심장에서 타이머가 작동될 때 났던 그 소리였다. 나는 바로 정신을 집중해 미래를 보았다. 그 미래에는 로이가 보였다. 로이는 심장 마비를 일으켜 골목에 쓰러져 있다! 그 타이머는 현재 로이의 심장에서 작동 중이다. 하지만 나는 아직 로이의 행방을 모른다.

'도대체 어디 있는 거야? 골든타임을 놓치면 안된단 말이야!'

나는 로이를 찾아다녔다. 그렇지만 로이는 그 어느 곳에도 없었다. 나는 또 한 사람의 생명을 지키지 못했다. 이대로 간다면 나는 미쳐버릴 것 같았다. 그래서 집에 가지 않고 다시 루미 산을 올라가 오두막집으로 갔다.

"할머니!"

"어, 무슨 일로 또 왔나?"

"저 그 타이머의 작동으로…. 흑…. 제 가장 친한 친구가 죽은 것 같아요. 저, 저, 이렇게는 살 수가 없어요. 그 친구랑 아직 오해도 풀지 못했는데…."

나는 눈물을 쏟았다. 그나마 나와 친하던 로이까지 잃어버렸으니 나는 혼자가 되었다.

"할머니, 혹시 그 제 목숨을 걸어야 하지만 부작용을 없앨 수 있는 그 방법이 무엇인가요?"

"다시 차원의 문 앞에 서야 한다네. 이번에는 문이 두 개가 나올 거여유. 한 개를 골라서 그 문을 통과하면 되는 아주 간단한 거지유. 그런데 한 문은 네가 가진 그 초능력을 없애고 그 부작용까지 없애고 원래 너가 가지고 있는 초능력을 되찾을 수 있는데, 다른 문은 바로 죽음으로 직행 된다는 거여유."

"지금 당장 할게요. 어떻게 하면 될까요?"

"초능력의 신을 다시 만나야 해유."

"그럼 지금 당장 갈게요. 영수증을 주세요."

"알겠슈."

그 순간 시계 돌아가는 소리가 다시 들렸다. 나의 심장에 1분 타이머가 돌아갔다. 두 개의 문 앞에 서리라는 걸 이미 알고 작동하는 건가?

"와…. 미친. 할머니 빨리요."

"자, 여기유."

할머니가 나에게 영수증을 주자 나는 당장 3*3 마방진을 그리려고 하는데 생각대로 잘 안 되었다. 설마 이것도 원래 나의 초능력인가?

그래도 머리를 쥐어짜니 생각이 났다. 그 중에도 타이머 속 숫자는 계속 줄어들고 있었다. 나는 피타고라스 빙의해 마방진을 완성하고 외쳤다.

"아브리오 랠래요!"

눈이 감기고 5초 뒤 나는 초능력의 신 앞에 있었다. 현재 타이머는 15초.

"저 제 초능력을 없앨게요."

"그래, 그러면 문을 통과해야 하는 것 알지?"

"네."

"행운을 빌겠네."

내 앞에 두 개의 문이 열렸다. 현재 타이머는 10초.

문 2개가 있었지만 그 중에서 첫 번째 문이 뭔가 끌렸다.

5,4,3,2,1

"몰라, 내 맘이 시키는 대로 가자."

나는 첫 번째 문으로 들어갔다.

어떻게 된 거지? 하얀 세계 속에 나 혼자 있었다.

설마 여기가 바로 천국?

"앗 내 눈."

엄청난 빛이 났다.

.

.

.

눈을 뜨니 나는 우리 집 침대에 누워 있었다.

"와아, 성공 흐흐흐 성공했다. 뜨아아아아!!!"

"어머, 세인아, 벌써 일어났니? 요새 통 못 일어나더니…. 어서 밥 먹고 학교 갈 준비 해."

"네~ 엄마."

시간을 보니 7시 5분. 평소 일어나던 시간이다.

"학교 잘 다녀오렴."

"네, 그리고 저…. 엄마……. 절 낳아 주셔서 감사합니다."

"응? 갑자기? 너가 새삼스럽게 그런 말도 할 줄 알고 아주 그냥 다 컸네, 다 컸어."

"그럼 학교 잘 다녀오겠습니다."

"그래~ 우리 아들, 오늘도 파이팅!"

오늘따라 이 하루가 더 소중하게 느껴지는 것 같다. 괜히 미래를 보려다가 내 미래를 다 잃을 뻔했다.

'원래도 초능력이 1024개나 있는 몸인데 미래를 보는 초능력이 대체 뭐라고…….'

학교 가는 길, 내가 좋아하는 가수의 노래를 흥얼거린다.

자랑하고 싶은 것이 있으면 얼마든지 해.

난 괜찮어.

왜냐면 나는 부럽지가 않어.

한 개도 부럽지가 않어.

-장기하, '부럽지가 않어'

작가의 말

저는 초단편 소설 쓰기 주제선택반을 보자마자 바로 "이거다!" 하고 선택했습니다. 저는 평소에도 소설 읽는 것을 좋아합니다. 올해 들어 김동식 작가님의 소설들과 여러 추리 소설을 보며 '어떻게 이렇게 재미있게 글을 쓸 수 있을까?'라고 생각했습니다.

근데 저에게도 기회가 왔습니다. 그 기회가 바로 '초단편 소설 쓰기'였습니다. 그래서 저도 재미있는 글을 한번 써보기로 했습니다. 사실 저는 처음 글을 쓸 때 어떻게 써야 되는지 갈피가 잘 안 잡혀서 힘들었습니다. 하지만 계속 글을 적어나가며 책 속의 인물들의 마음에 감정이입을 해보자 그 인물의 말과 행동이 저절로 생각났습니다. 그렇게 이 글을 써내려나갔습니다.

막상 글을 다 쓰고 보니 생각보다 뿌듯했습니다. 저는 앞으로도 기회가 있다면 더 자주 글을 쓸 것입니다. 많은 응원 부탁드립니다.ㅎㅎ

*** 이 글은 주인공 지우의 중학교 시절 벌어졌던 모종의 사건과 그 후의 이야기를 담은 글이다. 이 글을 읽는 당신이 나의 글을 읽고 재미를 느낀다면 그것으로 이 글의 존재 의미는 충분할 것이다.

사격부 에이스

심승민

왕선중학교 사격부에서 천재로 불리는 지훈. 그리고 지우는 그런 지훈이를 따라 사격부로 들어왔다. 지훈이와 지우는 오늘도 만나서 같이 등교한다. 지훈이는 최근따라 많이 피곤해보였다. 그리고 같은 사격부인 재인이는 큰 고민이 있었는데 재인이네 아버지가 현재 재원재단을 운영하고 있으며 사격 국가대표 출신이셨기에 어렸을때부터 사격에 재능을 보이던 재인이는 초등학교때부터 영재교육을 하며 승승장구할것만 같았지만 중학교에 들어오고 지훈이를 만나 만년 2등으로 남게 되었기에 이번 대회에선 꼭 1등을 해야만 했다. 하지만 게다가 얼마전 지훈이를 따라 들어온 지우마저 사격에 재능이 있던건지 각종 대회를 휩쓸며 치고올라와 2등자리마저 위협당하고 있었다. 그시각 지우는 야외 사격장에서 사격 연습을 마치고 지훈이를 보러 가던 중, 같은 반 친구가 다급히 뛰어오며 말했다.

"지우야!!! 큰일났어!! 지훈이가...!"

"뭐라고?? 지훈이가 뭐?? 무슨 일인데!!"

"저기 광장 쪽에서..."

그 말을 들곤 곧장 달려간 지우는 충격 받을 수밖에 없었다.

왜냐하면 광장 한가운데 지훈이가 피범벅이 된 채로 쓰러져 있었기 때문이다.

지우는 너무 놀라 휘청거렸지만 소리쳤다.

"누가.. 아무나 선생님 좀 불러와 줘!! 빨리!!!"

그렇게 지훈이가 응급실로 실려가고 지우는 초조하게 기다렸다.

의사선생님이 나왔고 다행히 지훈이는 생명엔 지장이 없었지만 의식을 잃고 혼수상태에 빠지게 되었다. 그렇게 지우는 3일동안 학교도 가지 않고 지훈이를 간호했고 학교 수업일수는 채워야 했기에 학교에 가자 뭔가 이상했다. 반이 어수선하고 무엇보다 창민이 자리가 보이지 않았다. 이 모든 게 이상했던 지우는 옆자리 친구에게 물어봤다.

"야 근데 창민이 자리는 어디 갔어??"

옆자리 친구는 눈치를 보며 지우에게 속삭였다.

"야 어디가서 그런 말 하지마...!"

"왜?? 무슨 일 있어??"

"걔 퇴학 당했잖아!"

"헐 창민이가??? 왜???"

"그 있잖아..!! 그 지훈이!! 김창민이 걔 옥상에서 밀었다잖아~!!"

그말을 듣고 지우는 충격에 빠졌다. 그동안 많이 믿고 친했던 그 김창민이 지훈이를 밀었다고?? 지우는 배신감이 들며 범인을 찾아야겠다고 다짐한 뒤 다음 날, 지우는 학교도 가지 않고 창민이를 찾아나섰다. 그렇게 하루종일 돌아다녔지만 아무런 소득 없이 집으로 돌아가던 중 맞은편 횡단보도에 창민이가 있는 것을 보게 되고 때마침 바뀐 신호로 인해 창민이와 마주쳤다. 물어볼게 산더미 같아 말을 꺼내려던 찰나 창민이가 말했다.

"시간이 없어 지우야. 정말 내가 한 게 아니야. 믿어줘."

"그게 무슨...."

당황한 지우가 물어보려던 찰나 창민이는 지우를 밀치고 도망갔다. 그리고 그런 창민이의 말에 당황한 지우는 생각했다.

"창민이가 아니라고...? 그럼 누가 그런 짓을....."

지우는 누가 범인인지 알기위해 증거를 찾기위해 돌아다녔다. 그렇게 해가 지고 포기하려던 그때 한가지 생각이 떠올랐다.

"아 그래! 지훈이네 집에 무언가 있을지도 몰라!!"

그렇게 지훈이네 집으로 뛰어간 지우는 지훈이네 부모님이 지훈이를 간병하느라 집에 없으신 걸 알았기에 몰래 들어가게 된다. 지훈이의 방에는 사격 메달들과 사격 대회에서 첫 1위를 했을 때의 사진도 크게 붙어 있었다. 그렇게 둘러보던 중 지훈이의 일기를 찾아 읽던 지우는 이상한 것을 발견한다. 지훈이의 일기에 적혀있는 재원재단..

"이건 분명 재인이네 아버지가 운영하시는 재단인데..??"

그렇게 일기를 더 둘러보던 중 지훈이가 재원재단으로부터 지속적으로 후원을 받아왔다는 걸 알게 되었다. 혼수상태인 지훈이와 그런 지훈이를 후원해준 재원재단..?

그냥 그럴 수도 있다고 생각할 수 있지만 평소 만년 2등으로 지훈이에게 굉장히 열등감을 느끼고 있던 재인이를 알던 지우는 무언가 있다고 느끼게 된다. 그렇게 지훈이의 죽음 뒤에 있는 무언가를 알기 위해 지우는 재원재단에 대해 좀 더 파게 된다. 그렇게 몇일동안 자료를 조사한 결과, 지우가 알아낸 것은 재원재단이란 것은 이재인의 아버지 이재원에 의해 운영되고 있으며 겉으로 보기엔 가난한 고아들과 불우이웃을 돕는 바람직한 기업이지만 속은 이재원, 그리고 그의 아들 이재인의 말 한마디면 무슨 짓이든 하는 기업이다.

그렇게 지우는 재인이를 의심하게 되고 증거를 찾기 위해 학교에 가 점심시간에 아무도 없을 때 재인이의 가방 안에 녹음기를 켠 폰을 넣게 된다. 그리고 그 다음날 재인이의 가방에서 폰을 꺼내 녹음 된 메시지를 확인하는데 별 다른게 없던 그때 끄려던 찰나 재인이 목소리가 울려퍼졌다.

"아, 그나저나 돈 있으면 안되는 게 없어. ㅋㅋ 거슬리던 놈도 돈으로 처리하고 목격한 놈도 처리하고 일석이조네 ㅋㅋ 난 내 위에 누군가 있는 꼴을 절대 못보겠거든...! 그것도 존나게 가난한 거지새끼라면 말이지. 희망을 주니깐 새끼ㅋㅋ 신났겠지. 이제 나에게도 희망이 있어! 하면서ㅋㅋ"

지우는 그 말을 듣곤 재인이의 이 말이 무슨 말일지 생각해봤다. 돈 있으면 안되는 게 없다라는건 재원재단에 시킨 걸 말하는 것 같고 거슬리던 놈과 목격한 놈...? 라고 생각하던 찰나 지우는 주변 상황에 대입시켜보니 퍼즐이 맞춰졌다.

"사격부 만년2등이던 재인이와 항상 1등이던 지훈이.. 재인이 입장에선 지훈이가 거슬렸을 거야.. 그렇다면 거슬리던 놈은 지훈이고 처리했다는 건 뭐지?? 창민이가 한 게 아닌건가??

설마 재인이가 지훈이를 처리하는데 창민이가 목격을 했다는 건가..?? 그래서 둘 다 처리한 거고??"

그렇게 지우의 의심은 확신이 되고 창민이가 자신이 아니라고 한 것도 진실이라는 것을 깨닫는다. 그렇게 언론사에 찾아가 제보를 하려고 했던 그때, 언론사 국장과 만나 그와 대화를 하는 동시에 지우는 또 한 가지가 떠올랐다.

그때 재인이 가방에 폰을 넣어 녹음했을 때 재인이가 수화기 너머로 들렸던 목소리와 언론사 국장의 목소리가 너무나도 똑같 았기에 지우는 혹시 언론사도 통제 당했을 수 있다고 생각해 더 확실한 증거를 모아 터트리기로 결심한다.

그렇게 지훈이네 집에 다시 방문해 지훈이네 부모님께 지훈이 가 이상했던 점이 없는지 물어보고 방을 뒤지다가 전에는 보지 못했던 침대 밑에 숨겨놓은 후원금들이 들어오고 나갔던 입,출금 내역이 있는 통장을 찾게 되었다.

지우는 다시 한번 창민이와 대화하기 위해 창민이를 찾아 돌아 다니고 그렇게 이틀이 지나고 창민이와 다시금 재회하게 되고 지 우는 창민이를 설득하게 된다.

"창민아 난 니가 하지 않았다는 걸 알아. 그러니깐 니 증언이 꼭 필요해!!"

"하...하지만 지우야 난 지금 쫓기는 신세야!! 잘못했다간 우리 부모님까지 피해를 입으실 수 있어.. 피해를 받는 건 나 하나로 족 해.. 이만 갈게."

그렇게 설득에 실패한 것 같았고 창민이가 떠나가려던 그때,

"그러면 지훈이는??"

창민이의 발걸음이 멈췄다.

"피해를 받는 건 너 하나가 아니야. 너와 지훈이 그리고 지훈이네 부모님 심지어 나와 너희 부모님까지 피해를 입으시고 있다고! 지금 피해를 받는 게 너 하나라고 생각해?? 너희 부모님은 아들이 친구를 밀어 살인미수로 쫓기고 있는데?? 그리고 지훈이는 병상에 누워 있어. 지금이라도 니가..!"

"도대체 내가 뭘 위해서!!... 이미 난 여기저기 쫓기고 있고 손가락질 받고 있어. 심지어 우리 엄마, 아빠도!!"

"그렇다고 도망치면 앞으로도 손가락질 받게 될 거야. 너도 너희 부모님도.. 그리고 진범이 아닌 니가 지훈이를 죽이려 했다는 누명을 쓰게 될 거고.."

"그럼.... 내가 뭘 해야 하는데...?"

"나한테 계획이 있어."

그렇게 지훈이폰으로 가장 최근 전화기록으로 전화를 걸었다.

--------------------딸깍

".....너 누구야??"

"--------------"

"너 누구냐고 이 미친새끼야!!!"

"넌... 누가 니 위에 있는 꼴을 못봤어."

"이 목소리는... 서지우? 니가 어떻게 김지훈 폰을.."

"그래서 지훈이를 죽이려고 했고 그 과정을 목격한 창민이까지 처리하려고 했지."

"하지만 이젠 죗값을 치를 시간이야. 이재인."

"뭔 죗값이야 이 새끼가!! 나 재원재단 이사장 아들 이재인이야!!"

"덕분에... 화젯거리가 되겠더라고... 같은반 친구를 죽이려고한 재원재단 이사장의 아들...이xx씨... 기자들이 눈에 불을 키겠더라고??"

"그래서 지금 언론사에 정보를 흘리고 오는 길이야. 아무리 돈 앞에 설설기더라도 이 특종이면 성과도 쌓고 자기들 약점을 잡았던 너도 처리할 수 있으니 기사를 내지 않겠어?"

"그정도는 실수로 벌어진 사고라고 덮으면 그만이ㅇ...!!"

"아 참 그리고 니가 억울하게 몰아간 창민이. 지금쯤이면 경찰서에서 다 불고 있으려나..?

내가 건네준 증거들과 함께 말이야."

"... 너 나한테 왜그래. 내가 돈줄게 응??"

"넌 건들면 안될 걸 건드렸어. 잘가 이재인."

------------(뚝)

그렇게 며칠후 이재인은 살인미수로 인해 경찰에 잡혀가게 되었고 이재인이 말했던 그 잘난 재원재단도 각종 비리로 인해 부도가 나게 되었다. 그리고 창민이도 누명을 풀고 떳떳해질 수 있게 되었고 나 또한 진범이 죗값을 치르게 되어 마음 한켠이 홀가분했다.. 하지만 지훈이는 아직 의식을 찾지 못했다.

-몇 년 후-

"자 서지우 선수.. 마지막 발입니다.. 과연 10점을 맞추고 금메달을 손에 쥘 수 있을 것인가...!!

조준하고...쏩니다...!! 10점!!! 금메달입니다 서지우 선수!! 이렇게 서지우 선수가 아시아 최초로 올림픽 사격 3관왕에 달성합니다!!"

그렇게 올림픽이 끝난 후 공항에서..

"언제 나오지?? 어!! 서지우 선수!! 말씀 한마디만 여쭙겠습니다!!! 이번 올림픽으로 아시아 최초 사격 3관왕에 달성하셨는데요. 소감이 어떠십니까??

" '그 친구'에 비하면 전 아직 한참 멀었죠. 제가 이렇게까지 사격을 할 수 있었던 건 모두 중학교 시절 그 친구, 지훈이 덕분이에요.."

"어이 금메달리스트님~ 이쪽입니다요~~"

"아 뭐야 김창민~! 웬일로 이렇게 일찍 왔대~?"

"야! 당연한 거 아니냐? 국위선양하시고 오시는데~"

"그래, 임마. 너밖에 없다."

"어차피... 지훈이한테 먼저 가 볼 거지?"

"응... 그래야지."

"그럴 줄 알았어. 나도 거의 1년 만이네. 가자, 너 보면 좋아할 거야. 꽃은 내가 사왔어."

"짜식, 고맙다. 가자~"

작가의 말

　동아리 때 이은정 선생님을 만났고, 처음으로 김동식 작가님의 초단편소설을 접하게 되었다. '소설이 이렇게 짧고도 재밌을 수 있구나!'하는 걸 느꼈고, 선생님이 내주신 자율 글쓰기 주제에 시간이 날 때마다 글을 썼다. 글을 쓰는 게 점점 재미있어졌다. 1학기 말, 주제선택을 고르는 시간이 와 어느 주제선택을 할지 고민하던 중 이은정 선생님이 또 소설 쓰기 반을 만드신 걸 보고 주제선택 또한 '초단편소설쓰기'반을 선택했다. 동아리와 주제선택으로 1년 동안 글을 쓰다 보니 내 글쓰기 실력이 점점 느는 게 느껴졌고, 가끔은 어떻게 써야 할지에 대해 골머리를 앓기도 했지만 완성하고 나서는 후련하며 뿌듯했던 것 같다.

　그렇게 1학년 생활이 끝나고 주제선택 또한 끝나가며 내가 썼던 글이 책으로 출판된다니 기대가 되면서도 한편으론 아직 미숙한 나의 글이 책으로 출판된다는 게 긴장이 된다. 그렇지만 1년 동안 열심히 글을 쓰고 또 써서 출판되는 소설이니만큼 잘 봐주셨으면 좋겠다.

    *** 이 글은 주인공 '최아진'이 새로운 친구 '하은비'를 만나면서 '지원'이와의 갈등을 다룬 이야기이다.

세 명은 어려워

정나은

나는 미래고등학교를 다니는 17살 최아진이다.

오늘도 나는 학교를 간다.

"아진아 하이!"

"지원 하이!"

지원이는 나의 3년지기 친구이다.

"너 수행 준비했어?"

"앗 오늘 수행 있었어?"

"에휴."

"괜찮아 지금 공부하면 돼."

"그래. 지금이라도 공부해."

'화장실 갔다가 공부해야겠다.'

나는 서둘러 화장실로 뛰어갔다. 그때

"아!"

나는 누군가와 부딪쳤다. 고개를 들어보니 학교에서 처음보는 애가 눈을 찡그리면서 있었다. 나는 놀라서 바로 사과를 했다.

"미안해⋯. 내가 급하게 간다고 앞을 못 봤어."

"괜찮아."

그 애는 무뚝뚝했다.

"아니 내가 일부러 그런것도 아니고 실수로 쳤는데 저렇게까지 정색해? 그리고 사과까지 했는데 사람 무안하게 만드네."

그 애가 가고 나는 혼잣말로 중얼거렸다. 반에 들어와서 방금 있었던 일을 지원이에게 말했다.

"실수로 그랬는데 좀 예쁘게 괜찮다고 말해줄 수 있는거 아닌가? 그렇게까지 정색했어?"

"그니깐 나도 사과 길게 하고 미안하다고 말했는데 정색을 얼마나 하는지 완전 어이없고 당황했잖아."

"모르겠다., 수행 공부나 해야겠다."

수행 공부를 하고 있을 때 담임선생님이 들어와 말을 하셨다.

"오늘 우리반에 전학생 올거야, 들어와."

문을 열고 들어온 애는 아까 부딪힌 그 친구였다.

'전학온 애가 아까 부딪힌 걔?'

나는 당황했지만 모르는 척 했다.

"은비야 자기소개 해볼까?"

"나는 계천고등학교에서 전학온 하은비라고 해. 잘 지내자."

"은비는 빈 자리에 가서 앉아."

"너 공부 잘해?"

"그냥 그래."

친구들은 은비에게 질문을 했지만 은비는 제대로 대답하지 않았다.

하은비의 성격은 조용하고 차가운 성격이다. 그리고 쉬는 시간에도 쉬지않고 공부를 했다.

'쟤랑 친해질 일 없겠다.'

학교가 끝나고 학원까지 마치고 나니 시간은 이미 10시였다. 빨리 집에 가고 싶다는 생각에 발걸음을 빨리 했다.

그때 골목 끝에 새끼고양이와 앞에 학생 한 명이 쪼그려 앉아 고양이 밥을 주고있는 것을 봤다.

자세히 보니 쪼그려 앉아있던 학생은 하은비였다.

'쟤가 왜 고양이 밥을 주고 있지?'

학교에서와 다른 모습을 보고 나는 놀랐다.

"맛있어? 엄마 어딨어?"

하은비가 새끼 고양이한테 말을 거는 소리가 살짝 들렸다.

새끼 고양이한테 말하는 소리는 우리반 친구들에게 말하는 것보다 더 따뜻했고 착했다.

나는 하은비가 그냥 무뚝뚝하고 성격 안 좋은 애인줄만 알았는데 이런 모습을 보니 하은비와 친해지고 싶다는 생각이 들었다.

하은비가 골목을 나오려고 하자 나는 빨리 옆길로 돌아서 숨었다.

하은비가 없어질 때까지 숨어 있다가 안 보이자 나도 집으로 향했다.

다음날 학교에서 나는 하은비에게 말을 걸어보기로 했다.

"저기 볼펜 빌려줄 수 있어?"

"어."

"고마워. 학교 마칠 때 줄게."

은비의 말을 차가웠지만 허락해 준 게 내심 기분이 좋았다.

쉬는 시간 은비에게 많은 질문을 했다. 은비는 귀찮아 하는 것 같았지만 그래도 이러면서 친해지겠지라고 생각했다.

점심 시간 때 혼자 밥을 먹고 있는 은비 옆에 앉아 함께 밥을 먹었다. 은비는 갑자기 다가온 나에게 당황한 것 같았다.

"은비야, 우리 친하게 지내자."

나는 용기를 내 말했다.

"그래."

나는 그 말을 듣고 기분이 너무 좋았다.

"너 강아지가 좋아? 고양이가 좋아?"

"나는 고양이."

"헐! 나돈데!"

"고양이 너무 귀엽지 않아?"

나에게 먼저 말을 걸어준 것을 보고 나는 너무 신이 났다.

"맞아! 고양이 너무 귀엽지~ 나중에 고양이 카페 같이 가자."

"그래!"

이 일을 계기로 나는 쉬는 시간 점심 시간 하교할 때 은비 옆에 붙어 있었다. 점점 은비도 나에게 마음을 여는 것 같았다.

은비와 친해지니 내가 생각했던 것과 많이 달랐다. 성격이 차가운 줄 알았는데 말도 잘 들어주고 내가 덜렁댈 때 잘 챙겨줬다.

나는 은비에게 내 단짝친구 지원이도 소개시켜 주었다. 우리 셋은 친구가 되었다.

"우리 학교 마치고 떡볶이 먹으러 갈래?"

"나는 좋아!"

"나도 시간 돼~"

우리는 우정을 쌓았다.

"이번주에 시내 갈 수 있는 사람?"

"나!"

"나도 돼."

우리는 셋이서 처음으로 시내를 갔다. 은비가 가고 싶어 했던 고양이 카페도 갔다.

은비는 내가 모르는 것을 많이 가르쳐주었다. 은비가 나보다 많이 똑똑했기 때문에 시험 공부할 때도 은비의 도움을 받았다.

시간이 지날수록 은비와 나는 더욱 친해졌고 서로 비밀도 말했다. 하지만 은비와 더 친해질수록 지원이와 멀어지고 있는 느낌이었다. 그렇지만 나는 대수롭지 않게 생각했다.

"지원아! 학교 마치고 떡볶이??"

"오늘은 좀..너희 둘이 먹어."

지원이에게 같이 떡볶이를 먹자고 했지만 지원이는 거절했다. 지원이가 거절한 게 처음이라 당황했지만 별로 안 먹고 싶은거겠지 생각하며 둘이 먹으러 갔다.

이 일 후에 어느샌가 지원이는 우리보다 다른 무리 애들과 더 어울려 놀았다. 처음에는 그냥 그러려니 했다. 그런데 학교를 마치고 집을 가고 있는데 얘기하고 있는 소리가 들렸다.

나도 모르게 그 말소리를 들었다.

"아니 근데 최아진, 하은비랑 친해지더니 맨날 걔랑만 다녀."

누군가 내 뒷담을 까고 있었던 것이다.

자세히 들어보니 그 목소리는 지원이였다.

'지원이가 내 뒷담을 깐다고?'

나는 당황했지만 계속 들었다.

"그니까 너 옆에서 겁나 불쌍하던데?"

"걔들 얘기하고 있을 때 너 혼자만 쏙 빼고 얘기하던데."

"그니깐~ 내가 최아진이랑 왜 다녔지. 가자."

친구들이 하는 대화를 듣고 믿었던 지원이가 내 뒷담을 까고 있을거라고는 생각도 못했다.

그 이야기를 들은 나는 하루동안 마음이 좋지 않았다. 지금까지 왜 지원이가 다른 애들이랑 놀았고 우리를 피했는지 알 것 같았다.

나는 이 사실을 은비에게 말했다.

"지원이가 그런 생각을 가지고 있을 줄은 몰랐어..."

"어차피 걔도 다른 무리 애들이랑 노는데 신경쓰지 말자."

은비의 대답은 예상한 말이 아니었다.

"그래도.."

"뭘 그렇게 걱정해? 걔도 마음에 안 드는 게 있으면 우리한테 먼저 말을 해야지. 그런 말 아예 안했잖아. 그리고 다른 친구들이랑 뒷담이나 까는데."

은비는 우리 뒷담을 깐 지원이를 못마땅해 하는 것 같았다.

"그래 지원이가 알아서 하겠지."

"그래 신경쓰지 말자."

나는 걱정 안된다는 듯이 말했지만 마음속으로는 이 일을 어떻게 해결해야 할 지 고민했다.

다음날 나는 학교에서 지원이와 얘기 해보기로 했다.

"지원아 혹시 오늘 학교 마치고 시간있어? 너랑 얘기하고 싶어서."

"아니. 시간 없어."

전에와는 다른 말투였다. 나는 당황했지만 다시 말을 이었다.

"진짜 얘기하고 싶은 게 있는데 조금이라도 시간 내주면 안될까?"

"안된다고."

"아니..아 알겠어."

결국 지원이와 얘기하지 못하고 자리로 돌아갔다.

변해버린 지원이의 모습에 할 말을 잃었다.

학교를 마치고 은비와 함께 집을 가고 있는데 골목에 여자애들이 모여서 이야기를 하고 있었다. 지원이도 있었다.

"아니 오늘 엄청 어이없었잖아."

"왜?"

"최아진이 나한테 와서 갑자기 얘기하자는 거야. 그래서 안 된다고 했거든. 근데 계속 시간 내달라는 거야. 언제는 옆에 있어도 말 안걸어줬으면서 이제 와서 착한척 진짜 싫다."

"ㅋ 걔가 원래 그러지."

그 말을 듣고 있던 나는 너무 화가 나서 걔들한테 직접 말했다.

"야! 니들 뒤에서 뒷담 까니깐 좋냐? 그리고 이제 와서 착한 척이 아니라 너가 내 뒷담 까는 거 보고 그 일로 너랑 얘기하고 싶어서 말 건거야."

나는 지원이에게 내 상황을 말했다. 하지만 지원이도 지지 않고 말했다.

"그 일로 얘기한다고 해도 어차피 나 너랑 말 안할거야. 언제는 투명인간 취급했으면서 이제 와서?"

"아니 왜? 맘 상한 일이 있으면 말을 해야지. 안하고 있으면 내가 어떻게 알아?"

"너는 네 잘못에 대해서 하나도 몰라? 계속 내가 잘못했다는 식으로 몰아가잖아."

"나도 내가 잘못한거 알아."

"됐다. 이 일 해결할 일 없고 그냥 모르는 사이로 지내자."

모르는 사이로 지내자는 말에 말을 잃었다. 서로 잘 지내려고 했지만 거절한 지원이가 싫었다. 어디서부터 잘못된 건지 모르겠다.

은비와 나는 근처 조용한 카페로 갔다. 나는 은비에게 모든 것을 털어놓았다. 은비는 내가 하는 얘기를 아무 말도 하지 않고 듣고만 있었다.

"아까 내가 잘못한 일부터 얘기했어야 했는데 너무 흥분해서 계속 지원이만 몰아붙인것 같아. 지원이가 자기 투명인간 취급했다고 말할때 너무 미안했어."

나는 아무렇지 않게 하는 행동들이었는데 지원이가 그렇게 생각할 줄은 몰랐다. 그리고 너무 후회된다. 조금만 더 챙겨줄걸 이런 생각때문에..

"지원이 얘기 들어보니까 많이 상처 받은 것 같던데."

"그니깐."

"너는 어떻게 됐으면 좋겠는데?"

"나는…지원이랑 오해 풀고 다시 친구로 지내고 싶지.."

내 얘기에 은비는 아무말도 없었다.

"이렇게 다 얘기하니깐 뭔가 고민이 싹 다 날아간 것 같다."

그날 저녁 은비는 지원이에게 전화했다.

"나 너랑 할 말 없는데."

"내가 할 말 있어. 그러니까 나와."

지원이와 은비는 근처 놀이터 벤치에 앉아서 얘기했다.

"너 아진이랑 화해 안 할 거야?"

"안해. 내가 왜 해야해. 걔는 내 진정한 친구도 안 되어줬어."

"아진이는 네가 진정한 친구라던데. 아진이가 중학생때 전학왔

을때 적응 못했는데 네가 먼저 말 걸어줘서 친해지게 됐다고. 너 아니었으면 친구 없었을 것 같다고."

"…"

지원이는 아무 말도 하지 않았다.

"아진이가 나한테 종종 너 얘기했어."

"내 얘기를?"

"어. 자기가 공부 못하는데 네가 계속 도와줬을 때 감동이었다고. 또 말도 잘 들어준다고.

아진이는 너를 진정한 친구라고 생각해. 근데 너는 아진이 말도 안 들어주고 아진이도 많이 속상했을 텐데 너한테 많이 미안해하고 있어."

"정말?"

"어. 너가 이 말이라도 듣고 아진이의 마음을 생각해줬으면 좋겠어."

"어.."

다음날 혼자 집에 있는 나에게 지원이의 전화가 왔다.

조금 당황했지만 전화를 받았다.

"여보세요? 왜 전화 했어?"

"할 말 있어서. 잠깐 시간 돼?"

나는 바로 근처 놀이터에서 지원이를 만났다.

우리 둘은 벤치에 앉았다.

"내가 미안해."

지원이가 갑자기 사과를 했다.

"어?"

"어제 하은비가 말해줬어. 너가 나한테 많이 미안해 한다고. 너 진심을 모르고 나만 생각했어. 그리고 뒷담도 깠고 네 말도 안 듣고 막무가내로 나간 것 같아."

"어.."

"진심으로 미안해. 욕해서 미안하고."

"아니야.. 나도 미안해. 너도 내 친구인데 내가 너무 은비한테만 신경쓰고 너한테는 관심도 안 줬어. 그러면서 너가 소외당하고.. 절대 소외시키려고 그런 게 아니었는데.. 나도 많이 후회했어. 너가 나에게 많이 익숙해서 너의 생각은 별로 신경쓰지 않았던 것 같애"

"응.."

"진심으로 미안하고 나는 우리가 다시 친해졌으면 좋겠어."

"나도 같은 마음이야. 이렇게 털어놓으니깐 맘 진짜 편하다."

"그러게."

지원이는 나의 사과를 받아줬다.

지원이와 나는 다시 친구가 되었다.

은비한테 너무 고마웠다. 은비가 아니었으면 지원이와 내가 다시 친해질 수도 없었을텐데 그리고 그 이야기를 듣고 나에게 사과를 해준 지원이도 너무 고마웠다. 우여곡절 일이 있었지만 그 일로 우리의 사이가 더 돈독해진 것은 사실이다.

우리는 이제 다시 진정한 친구가 되었다.

작가의 말

처음에 소설을 써야 한다고 했을 때 어떻게 써야할지 내가 과연 완성할 수 있을지 막막했어요. 하지만 기획서를 쓰고, 어떻게든 시작을 하고 나니까 계속 해서 써내려 갈 수 있었어요.

소설을 쓰면서 내가 잘 적고 있는 건지 의심도 들었고, 읽었을 때 너무 부족한 것 같아서 고민도 많이 되고 힘들었어요. 하지만 친구들 피드백도 받고, 선생님도 조언을 해주시고 그렇게 해서 다 쓰고 나니 뿌듯했어요.

글 쓰는 것을 별로 좋아하지 않는데 이번 계기로 글 쓰는 것이 마냥 어렵고 힘들지만은 않다는 것을 알았고 글에 대해 조금이나마 관심이 생긴 것 같아요.

제 후기 들어주셔서 감사드립니다.

*** 부모님들의 잔소리와 압박에 시달리는 주인공인 '나'가 친구 가락이를 만나 풀어가는 내용입니다. 가락이에게는 어떤 비밀이 숨겨져 있을까요?

손가락

우승표

이제 난 중학교 2학년이 되었다. 2학년이 되고 일주일 정도 지난 거 같다. 우리 아버지는 화가 많아서 잔소리를 자주 하셨다. 난 또 집에 가서 잔소리를 듣겠지.. 라고 생각하면서 집을 가고 있었다. 나는 매일매일 잔소리를 들으면서 사니깐 나는 정신이 맨날 이상했다. 학교도, 집도, 맘 편한 곳이 없다는 느낌이었다. 그때 누가 나를 불렀다.

"야 너 어디가?"

얼굴에 밴드가 덕지덕지 붙어있는 놈이었다. 명찰 색을 보니 같은 학년.

"나 집. 근데 너... 이름이 손가락이야?ㅋㅋ"

"어 ㅋㅋㅋ 내이름 기억하기 쉽지? 너 집 어디야?"

"나 저기 옥자아파튼데. 왜?"

"오 나돈데. 우리 등교랑 하교 같이 할래?"

"어... 그래."

우리는 이때부터 같이 학교를 다니기 시작했다.

집에 오자마자 아빠의 잔소리가 시작되었다. 아빤 또 술을 먹었나 보다. 잔소리를 들을 때마다 나의 정신은 더 혼미해지는 거 같다.

"빨리 공부하고 방도 좀 치우고 해!! 핸드폰 내놔."

집에 오면 맨날 이러고 잔소리했다. 나는 옛날부터 아빠가 진짜 싫었다. 짜증났다. 나는 진짜 가출이 하고 싶었다.

다음날, 나는 학교로 갔다. 다음날도, 그 다음날도. 난 가락이와 친해졌고 서로 연락처도 교환하고 가락이와 놀며 장난도 많이 쳤다. 이렇게 친구와 가까워진 건 처음이었다.

"야, 너는 그런 곳 있어? 우울하면 가는 곳."

"어.. 난 우리 집 맞은편 놀이터."

"어 그래? 나도 이제 우울하면 너네 집 맞은편 놀이터로 갈게!"

그 후 2학년이 되고 5월달쯤이 되었다. 나는 학교가 끝나고 집에 와서 라면을 끓이고 있었다.

나는 실수로 다 만든 라면이 담긴 냄비를 잡고 있었는데 내 손에서 떨어트리고 말았다. 나는 너무 놀라 뒤로 넘어졌는데 뒤에 있던 찬장이 넘어갔다.… 거기 맨 위에는 엄청 비싼 트로피가 있었다.. 찬장이 넘어지면서 트로피가 떨어져 트로피가 산산조각이 나버렸다.

아빠와 엄마가 옛날에 이 트로피 비싸다고 조심하라고 했었던 게 기억이 났는데. 망했다……. 당연히 난 혼났고 나는 학원을 간다고 하고 재빨리 도망치듯이 나왔다. 나는 우리집 맞은편 놀이터에 체념하듯 앉아 있었다. 그때 생각이 났다. 너무 빨리 나오느라 핸드폰을 갖고 오지 않은 것을. 밤이 되고 나는 놀이터 미끄럼틀에서 잠들었다.

잠을 깨니깐 내일 아침이 되었다. 나는 미끄럼틀에서 나와 그네를 타고 있었다. 나는 지금이 몇 신지 짐작이 오지 않았다. 갑자기 가락이가 내 앞으로 왔다.

"?? 너 나 여깃는지 어떻게 알고 왔어?"

나는 울컥했다.

"너가 저번에 우울하면 여기 놀이터로 온다며. 니 왜 학교 안오고 전화도 안 받아."

"나 가출했어."

"왜. 빨리 들어가자. 데려다줄께."

가락이의 끈질긴 설득에 나는 못 이긴 척 집으로 돌아왔다. 엄마와 아빠는 내가 많이 걱정이 됐는지 내가 오자마자 나를 끌어안고 환영해주었다. 나는 행동이 바뀐 엄마와 아빠를 보며 모든 갈증이 해소된 것만 같았고 엄마와 아빠가 나를 안아준 순간 정신도 번쩍 들면서 모든 게 비로소 제자리로 돌아오는 것 같은 느낌이었다.

다 가락이 덕분인거 같아서 가락이에게 전화를 했다. 가락이의 전화번호가 없는 번호라고 나왔다.

"? 이거 왜 이러지?"

나는 그냥 오류인 줄 알았다.

다음날 학교로 왔다. 가락이가 보이지 않았다. 나는 같은 반 친구들에게 말했다.

"가락이 어딨어? 오늘 학교 안 옴?"

"뭐래. 그게 누구야?"

"가락이 말이야. 손가락. 뭔소리야, 누구냐니?"

"그런 애 반에 없어. 꿈꿨냐?"

"....."

그때 친한 친구가 왔다.

"너 학교 안왔을 때 놀이터에 있던 거 맞지? 너 그때 누구랑 있었어?"

"나? 손가락. 나랑 반에서 제일 친한 애."

"손가락이라는 애 없다고. 그리고 니 놀이터에 있을 때 내가 봤는데 너 혼자 중얼중얼거리더라."

난 친구의 말로 생각이 났다. 난 정신병이 있었었다.

아주 옛날부터 부모님들의 잔소리 때문에...

애초에 손가락이라는 사람은 존재하지도 않았던 것이다. 나는 부모님들의 잔소리 때문에 정신이 이상해져서 나는 손가락이라는 가짜 인물, 내 머릿속에만 있고 실존하지 않는 인물과 맨날 대화를 했던 것이다. 다른 사람이 보면 혼자 허공에다 말을 하고 있었겠지..

작가의 말

소설을 쓰며 느꼈던 감정은 소설을 처음 써 보는데 생각나는 대로 쓴 후에 선생님의 피드백을 받으니 진짜로 소설이 잘 써지고 다른 사람들이 안 쓴 소설을 특별히 쓴 거 같고 신기했습니다. 그리고 소설 안의 인물들의 감정을 이해하며 소설을 써서 감정이 자주 바뀐 거 같습니다.

소설을 다 쓰고 나서 보니 엄청 잘 쓴 거 같았습니다.

책 출판이 되는 것에 대한 소감은 다른 친구들도 소설을 많이 썼는데 그중에서 제가 출판이 되니깐 엄청 뿌듯했습니다.

*** 친구들을 괴롭히며 자기 멋대로 살던 고등학생이 있었다. 그의 옆집에 북한의 명령으로 누군가를 죽이러 온 한 남자가 이사를 오게 되는데...

쓰레기

김여준

"너와 내가 만날 일은 딱 두 가지다! 한반도가 통일이 되어 서로를 얼싸안고 기뻐하거나! 너의 반역으로 내가 너를 제거하러 가거나! 위대한 우리 조국을 빛내는 전사가 되어라! 조국을 위해 죽음도 기뻐하라!"

아직도 그날의 기억이 생생하다. 내 임무는 정해져 있다. 남조선의 무기연구원 김건우를 제거하는 것. 김건우는 남조선 미사일 프로젝트에 핵심 연구원이다. 그는 현재 1차 설계를 끝내고 일주일간의 휴가를 위해 집에 와 있다. 난 그가 사는 서울의 아파트 옆집에서 이웃으로 위장하고 있다.

김건우의 생활은 단조롭다. 휴가 기간에도 방에 박혀서 설계 도안을 끄적이고 있다. 연구실에 있을 때나 집에 있을 때가 장소만 바뀌었을 뿐 그의 생활은 변화가 없다. 현재 김건우는 아내와 이혼 상태이다. 아내는 다른 남자와 바람이 나서 김건우에게 이혼을 요구했지만 김건우는 자신이 가정에 충실하지 못하여 이혼당한 줄 알고 있다. 그의 하나뿐인 아들, 김준형은 학교폭력 가해자이다. 학교에 가서 수업 시간에는 잠만 자고 쉬는 시간이면 일어나서 아이들을 괴롭힌다. 김건우는 아들에게 전혀 관심이 없다. 아들이 밥을 먹는지 학교에 가는지 집에 언제 들어오는지 알지 못한다. 쓰레기도 버리지 않는다. 관리비도 신경 쓰지 않는다. 불이 나간 집에 전구도 갈지 않는다. 불이 나가면 스탠드 조명을 켜고 설계도를 본다. 그 설계도를 제대로 관리하지도 않는다. 설계도를 얻기 위해 굳이 나 같은 베테랑 요원이 투입되어야 할 필요도 못 느낄 정도로 책상에 널부러져 있다. 그 집의 비밀번호는

1234이다. 우리 집 현관문 구멍으로도 김건우와 준형이 누르는 번호가 보인다. 그들은 보안에 어떤 주의도 기울이지 않는다. 나는 먼저 김건우의 아들과 접촉하게 되었다.

"아저씨, 아저씨는 백수예요?"

김준형이 엘리베이터 앞에서 내게 먼저 말을 걸었다. 이 아이는 북한 최고의 공작원인 나를 남조선 자본주의 최고의 실패자 '백.수.'로 만들었다. 나는 나의 위장 실력에 꽤 만족함을 느꼈다. 하… 근데 아무리 그래도… 건방진 에미나이 같으니라고.

"나도 아저씨처럼 아무것도 안 하고 살고 싶어요. 제 꿈이 백수예요."

"……."

"아저씨, 왜 내 말 무시해요. 어른들은 다 왜 그래? 내가 그러니까 삐뚤어지는 거야."

김준형은 껌을 꺼내 씹기 시작했다. 그리곤 껌 종이를 손으로 튕겼다. 본능처럼 나는 그 껌 종이를 왼손으로 탁 잡았다.

"오오오오! 잡았어!"

녀석은 주머니에서 쓰레기를 꺼내 내 쪽으로 튕기기 시작했다.

"이것도 잡아 봐요."

나는 그것들을 다 잡아 내 주머니에 넣었다.

"쓰레기 아무 데나 버리면 안 된다."

이틀 후 김준형과 다시 마주쳤다. 그 애가 길에서 어김없이 친구에게 쓰레기를 던지며 괴롭히고 있었다. 나는 그것을 발견했고 지나칠 수 없었다. 그 녀석은 쓰레기를 쓰레기통에 넣은 적이 없다. 항상 친구들에게 던지는 용도로 쓰레기를 사용한다.

"그만해라."

"어? 옆집 꼰대 아저씨네?"

"죄 없는 애들 괴롭히지 말고 집에 가라."

옆에 있는 준형의 친구가 나섰다.

"아저씨? 남의 일에 상관하지 마시고 그냥 가시죠? 우리 지금 놀고 있는 거예요."

그 순간 친구에게 던지던 쓰레기가 내 얼굴로 날아왔다. 참을 수도 있다. 하지만 난 준형의 친구를 그대로 두고 싶지 않았다. 날아오는 그 쓰레기를 잡아 그 양아치의 얼굴 정중앙에 세게 날렸다. 그 애는 쫄아서 튀어버렸다. 준형이가 존경 어린 눈빛으로 내게 말했다.

"아저씨 졸라 세네? 아저씨 전투력 만렙이다. 친하게 지내요. 나는 김준형."

그리고 나에게 딱 달라붙어서는 말했다.

"내가 애들 돈을 뜯고 싶어서 뜯는 게 아니에요. 아저씨도 옆집에 살아서 다 알잖아. 우리 엄마 집 나갔구요, 우리 아빠 집에 잘 안 들어와요. 가끔 와도 방에만 처박혀 있어. 나는 누가 용돈을 주나? 배고파요."

내가 왜 이 어린놈에게 전투력을 평가받고 구구절절 사정을 들어야 하나? 라고 생각하고 있는 사이 편의점으로 끌려갔다.

.

.

.

편의점에 가서 김준형에게 라면과 삼각 김밥을 사줬다. 준형이는 3분도 안되어 먹어치웠다. 몇 개 더 사줬다. 준형이는 며칠 굶은 아이처럼 허겁지겁 들이켰다. 예상치 못한 일로 공작금의 일부를 써버렸다.

그 뒤로 김건우가 아닌 김준형을 위주로 관찰했다. 준형이는 배가 고플 만하다. 북조선보다 남조선이 훨씬 잘 먹고 살지만 준형이는 예외다. 북조선 아이만큼이나 배고프다. 그건 진짜였다.

김건우가 외출한 틈을 타 준형이 집에 잠입했다. 감시카메라 하나가 제대로 작동하지 않아 확인이 필요했다. 며칠 동안 버리지 않은 쓰레기로 집 안에 고약한 냄새가 진동했다. 준형이 방은 쓰레기장이었다. 김건우 방도 역시 쓰레기장이었다. 고난도 생화학 훈련이 따로 없다. 빨리 임무를 수행하고 나왔다. 나도 모르게 가장 심각한 냄새의 근원인 쓰레기통을 비워서 나왔다. 냄새의 근원을 분석해 보니 오래된 요구르트 병이 문제였다. 내 작전 환경을 위한 본능적인 행동이다…. 이 내용은 보고서에 쓰지 않아도 될 것 같다.

그날 밤이다. 라디오를 틀었다.

"지금부터 조선 민주주의 인민 공화국 김일성 종합대학 교육 방송을 시작하겠습니다."

그리곤 정적이 흘렀다. 잠시 후

"2,4,8,5,3,0,6,5,3,0,1,2,3,1,9,3,5,2,1,3,5,2,0,4"

암호를 풀었다. 거기엔 이렇게 적혀 있었다.

「남조선에서 임무 외에 다른 특이 행동은 하지 마라. 빠른 시일 내에 임무를 완수하라.」

원래 계획대로라면 김건우는 벌써 죽였어야 한다. 나는 핵심 기술이 좀 더 만들어질 때까지 기다려 설계도를 얻자고 요청했고 당은 받아들였다.

"뭐하는 거네? 동무 혹시 망설이는 거요? 이자를 막지 않으면 공화국 전체가 위험해지는 거 모르오? 설계도를 얻자고 망설이다가 계획이 틀어지면 미사일이 완성될 수도 있어. 그거이 감당할 수 있갔어? 그런 일이 생기면 나도 동무를 가만둘 수 없어."

나는 김건우의 집을 도청하고 카메라로 지켜보고 있다. 준형이가 오늘도 11시에 들어왔다. 김건우는 휴가가 끝나는 오늘까지 아들과 인사도 나누지 않았다. 같이 살지만 남보다 나을 것이 없는 관계가 바로 남조선의 부자 관계이다.

다음 날 김건우는 다시는 돌아오지 못할 집을 떠났다. 내가 준형이를 보는 것도 오늘이 마지막일 것이다. 김건우가 떠나니 나도 목표물을 따라가야 했다. 적당한 때를 보아 남은 공작금을 준형이에게 두고 가려고 감시카메라를 보았다. 그런데 한창 컴퓨터 게임 중일 준형이가 보이지 않았다. 불길한 예감이 들었다. 온 동네를 다 찾아본 결과 준형이가 발견된 곳은 아파트 옥상이었다. 난간에 앉아 위험하게 아래를 보고 있었다.

"김준형! 너 뭐해!"

"어? 아저씨 또 왔네? 아무도 내가 있든 없든 신경도 안 쓰는데 아저씨는 왠 관심? 우리 아빠가 또 집을 나갔어. 나 계속 기다렸어요. 우리 아빠가 가기 전에 한 번은 내 이름 불러줄 줄 알았어. 같이 밥 먹는 거? 용돈 주는 거? 그런 건 바라지도 않아. 엄마도 날 버리고, 아빠도 날 버렸어요."

"……."

"나는 우리 집 쓰레기들이랑 똑같아요. 다른 집 쓰레기들은 냄새 나면 집 안 사람들이 신경이라도 쓰는데 우리 집에서 쓰레기는 그냥 방치되거든. 근데 내가 그 쓰레기들과 딱 하나 다른 점이 있어요. 뭔지 알아요? 아무도 안 버려주면 내가 스스로 사라질 수 있다는 거."

손 쓸 새도 없이 준형이는 뛰어내렸다. 나는 이 일에 휘말리면
안 되므로 재빨리 자리를 떠났다.

그 후 김건우는 다시 집으로 돌아왔다. 생활은 완전히 바뀌었
다. 집에 박혀 나오지 않았다. 미사일 설계 연구원 자리에서 해고
되었다. 김건우를 제거할 필요가 없어졌다.

미사일 프로젝트 방해 공작 완료.

작가의 말

나는 나의 글 한 편을 완성해보는 경험을 얻기 위해 주제선택에서 글쓰기 반에 들어가게 되었다. 주제선택은 시험이 없는 1학년 2학기에 자신이 듣고 싶은 수업을 선택하여 1기, 2기로 나누어 수업을 듣는 방식이다. 그곳에서 나는 부족하지만 '초단편소설쓰기'를 해냈다.

나는 평소에 영화, 드라마, 책을 볼 때 좋아하는 소재 중 하나가 대남 공작원의 이야기이다. 여기에 또 좋아하는 소재인 학교폭력이나 학생 이야기를 섞어 보고 싶었다. 그래서 공작원이 파견된 곳에 학교폭력이 벌어지는 이야기가 탄생했다. 나와 비슷한 취향을 가지고 있는 사람이라면 글 소개나 소설의 앞부분만 보고도 충분히 끌릴 만한 소설을 쓰려고 노력했다.

재밌게 봐주었으면 좋겠다.

*** 이 글은 어느 날 아포칼립스로 망해가고 있는 세계를 지키고 있는 수많은 히어로들 중 한 소년이 재앙과 싸우는 이야기이다.

아포칼립스(the Apocalypse) : 성서에 묘사된 '세상의 종말'을 뜻한다.

아포칼립스

박주영

나는 15년 전 어느 산부인과에서 태어났다. 그저그런 가족과 그저그런 가정형편과 그저 그렇지만은 않은 상황. 우리 세계는 아포칼립스다.

10년 전, 내가 유치원에 다닐 때쯤 사람들의 일상 곳곳에는 정체를 알 수 없는 보라색의 뭔가가 생겨나기 시작했다. 그것은 아주 얇지만 아주 튼튼했고 없앨 수 없을 만큼 우리 근처에 뿌리 내렸다. TV에서는 인간의 종말이 도래했다고 수근거리고 몇몇 사람은 차원 포털 같은 것이 아닌가 생각했다. 사람들은 그것을 다양한 이름으로 불렀지만 나중에는 모두 통일된 이름, '게이트'라고 불렀다. 이유는 잘 모르겠다. 유명한 사람들이 그것에 대해 말하자 사람들이 그렇게 부른 걸 수도 있고 그러다 보니 많은 뉴스와 정보 통신 업체에서 '게이트'라는 명칭을 그것에 사용했고 그렇게 그것은 '게이트'가 되었다. 사람들은 그것을 보고 두려워하기도 하고 신기해하기도 했다. 심지어 어느 사람은 이것을 우주의 신과 이어준다고 생각해 그 앞에서 제사를 지내는 사람도 있었다. 1년이 지나도 별일이 없자 사람들은 점점 과감해졌다. 만져보기도 하고 부수려 하기도 했다. 게이트는 만진 사람마다 다양한 느낌을 말했는데 그들의 공통된 감상은 '소름이 돋는다'였다.

그리고 어느 날 그 게이트에 한 사람이 다가갔을 때 그 게이트는 그 사람을 집어 삼켰다. 그것을 본 사람들은 한 사람이 게이트에 손을 가져다 대자 그 게이트가 그 사람을 빨아 당겼다고 말했다. 경찰은 게이트를 더욱 더 감시하고 사람들에게 다가가지 못하게 했지만 막을수록 궁금한 게 사람의 심리. 결국 몇 명의 사람들이 게이트로 인해 사라지자 게이트 근처는 전면 폐쇄되었다. 근처에 사람들 몇몇은 게이트가 사람을 빨아당길 때 게이트 안에서 짐승의 울음소리가 들린다고 답하였지만 대부분의 사람은 믿지 않았다. 5일 뒤 게이트 근처를 지나가다 그곳에서 알 수 없는 생명체의 실루엣을 보았다는 사람들이 몇몇 생겼다. 사람들은 그 게이트들 안에 다른 생물체가 들어있거나 아니면 다른 차원과 연결되어 있을 것이라는 허무맹랑한 말을 했다.

우리는 아직 어느 쪽이 정답인지 모른다. 우리가 아는 것은 그저 갑자기 게이트에서 괴수가 나왔다는 것이다. 괴수들은 사회를 망가트려 놓고는 자신의 게이트로 돌아갔다. 많은 사람이 죽었지만 문제는 따로 있었다. 아직은 한 게이트에서 많은 괴수가 나오지는 않지만 만약 이 게이트가 다른 차원으로 이어져 있다면 이 게이트에 나오는 괴수는 끝이 없을 것이라는 것이다. 이런 아슬아슬한 상황에서 사람들은 재수 없는 소리 말라며 이 말을 부정했지만 곧 인정할 수밖에 없었다. 한 게이트에서 한 두 괴수만이 나오다가 어느 게이트에서 많은 괴수들이 한꺼번에 튀어 나온 것이다.

첫 번째 피해자는 어느 유치원이었다. 나는 그곳에서 괴수를 보았다. 왜냐하면 그곳은 내가 어렸을 때 다녔던 유치원이었기 때문이었다. 사람들이 유치원을 발견 했을 때에는 이상하게도 얼음과 많은 물이 유치원 안과 밖에 있었다고 했으나 깊게 생각할 여유 따위는 없었다. 사람들은 유일한 생존자인 나의 이야기를 듣고 싶어 했다. 많은 사람이 나에게 집중했지만 나는 그것이 전혀 달갑지 않았다. 우선 나는 어렸고 또한 가까스로 살아남았지만 어떻게 살아남았는지는 잘 기억이 나지 않았고 그 괴수의 눈 아니 무엇인지 모를 그것만이 머리에 박혀 잊혀지지 않았기 때문이다. 내가 어디에서도 말이 없자 사람들은 멋대로 나를 동정하기도 하고 실망하기도 하고 화를 내기도 했다. 그 사람들이 그런다고 해도 게이트는 없어지지 않았고 점차 많은 피해자들은 생겨났다.

그리고 그가 나타났다. 첫 번째 히어로. 그는 평범한 사람이었지만 어느 날 자신이 초능력을 가지고 있다는 걸 알게 되었다. 그가 가지고 있는 능력은 '힘'이었다. 그냥 힘이 아니라 인간이 아닌 힘 차를 들고 주택을 들어도 남아나는 힘. 처음에는 많은 사람들의 환호를 받았지만 점차 자신의 힘을 악용하기 시작했다. 그는 봉사자도 아니고 평범한 사람이었기에 어찌 보면 당연한 것이었다. 우연으로 얻은 힘은 점차 괴수가 아닌 사람에게로 향했고 이제 사람들은 괴수가 아닌 히어로에게 목숨을 위협받는 처지가 되었다. 히어로는 날이 갈수록 험악해졌고 더 이상 히어로라고 이름붙일 수 없었다. 하지만 곳곳에서 첫 번째 히어로 같은 이 능력을 가진 자들이 나타나기 시작했다. 첫 번째 히어로는 자신의 입지가 무너지는 것이 두려워 많은 히어로를 학살했고 새로운 히어로의 등장에 환호하던 사람들은 다시 두려움에 떨 수밖에 없었다. 다른 히어로를 응원하는 사람들까지 죽이기 시작하자 사람들은 더 이상 참을 수 없었다. 사람들은 그를 인류의 적으로 돌리기 시작했다. 사람들은 이제 히어로를 히어로로 부르지 않았고 '빌런'이라고 불렀다.

자신의 가족을 위해 죽을 각오를 하며 계획을 세우던 많은 사람은 히… 아니 빌런에 의해 죽게 되었다. 그 상황 속에서 사람들은 아주 완벽하지만 가장 위험한 작전을 세웠다. 많은 히어로들이 함께 했고 그는 결국 자신이 얕보던 사람들에게 버려져 게이트로 들어갔다. 그 뒤 괴수들이 며칠간 거의 나오지 않았다. 그곳에서 그 히어로의 혈흔과 옷 능력의 흔적이 죽은 괴수들 사이에서 발견이 되었다. 그리고 며칠 후 그 히어로의 시체를 날개가 달린 생물, 소위 말하는 드래곤이 물어온 뒤로 그 히어로의 죽음이 기정사실화 되었다. 그리고 천천히 억압 받던 히어로들은 입지를 다져갔으며 새로 많은 히어로가 생겨났고 얼마 안 가 사라지기를 반복했다.

세계가 점차 안정이 되었을 때 나는 내가 액체를 다룰수 있는 능력을 가지고 있다는 걸 깨달았다. 그 뒤 내 눈은 검정색에서 점점 푸른색으로 변해 가기 시작했다. 사람들은 이상하게 생각하기 시작했고 얼마 안 가 부모님도 내가 능력을 가지고 있다는 걸 알아챘다. 내가 능력을 보여주자 부모님들은 숨기기를 원했다. 내가 초등학생 때 갑작스럽게 발생한 게이트에서 나온 괴수 열 마리를 없앤 후 더 이상 숨길 수 없었다.

기사에서는 나의 이야기로 도배가 되었다. 나는 훈련 후 다른 히어로들의 9배 가까이 되는 능력을 가지게 되었고 물을 자유롭게 쓰다 못해 얼음으로도 만들 수 있게 되었다. 점차 나를 아는 사람들도 많이 생기기 시작했다. 내가 유치원에서 혼자 살아남은 생존자라는 것이 밝혀진 이 후 사람들은 내가 진정한 첫 번째 히어로라며 입을 모았다. 난 부정했다. 내가 기억이 나는 것은 빛나는 괴수의 눈뿐이었기 때문이다.

날이 갈수록 나의 실력은 점차 상승해 정부에서는 학교를 그 만두는 것은 권했다. 나는 중학교까지는 학교를 다니는 것을 원했고 정부는 이 능력이 대단하다고 해도 아직 어린 아이의 인생을 마음대로 하기는 찔렸는지 허락했다. 정부는 대신 어쩌면 날 감시하려는 목적의 파트너를 붙여 주었고 탐탁지 않았지만 생각보다 합이 잘 맞아 우리는 꽤 좋은 파트너가 되었다.

맑은 하늘과 내리쬐는 햇살이 좋은 날. 그날도 별일 없었다. 다만 그날은 평소보다 운이 좋았다. 쉬는 시간에 매점을 갔다 올 수 있었고 말을 거는 애들도 적었다. 나는 매점에서 물을 사 먹으며 하릴없이 운동장을 걷고 있었다.

그때 내 귀에 거슬리는 소리가 들렸다.

찰칵.

비록 유명인이지만 역시 이런 건 거슬린다. 이게 몇 번째인지 어디인지 살펴보려고 주위를 돌려보려 하자 귀 한 쪽에 걸린 무선 통신기에 소리가 들리기 시작했다. 반경 1km안에 괴수가 발생했다면 저절로 울리는 장치였다. 나는 살짝 망설이다 담을 넘어 그 곳으로 갈 수 밖에 없었다. 나의 뒤로 학생들의 비명인지 함성인지 알 수 없는 소리가 들리기 시작했고 역시나 거슬리는 촬영 소리도 함께 들렸다. 제발 내 사진을 어디 팔지 말고 개인 소장해 줬으면 좋겠는데…….

학교 근처에 숲이 있다. 아마 정부에서 일부러 이런 곳에 던져놓은 것이겠지만 도대체 왜 이런 학교에 학생이 많은지 이해할 수 없다. 아마 이 학교에 다니는 학생은 안전 불감증일 것이다. 내가 할 말은 아니지만… 이런저런 쓸데없는 생각을 하다 보니 거의 다 왔는지 무선 통신기에서는 앞으로 갈수록 특유의 기계소리가 커지기 시작했다.

삐삐삐삐삐—

소리가 완전히 커지기 시작했고 발이 여럿 달린 괴수를 발견할 수 있었다. 얼마 안 가 나의 파트너 하은이 도착했다.

"왠일이야? 평소 나보다 빠른 사람이. 아 이 귀한 인력은 시간이 많이 없는데 말이야. 날 기다리게 하다니."

"평소 소리가 들리자마자 바로 온 건 너가 이럴까봐 그런거지. 그리고 너가 워낙 요란하게 나가는 바람에 나한테 사람이 몰렸다고."

"내가 한두 번 그런 것도 아니고 그 정도는 예상해야지. 파트너."

나는 조금 더 푸른색으로 변한 눈으로 주변을 살펴보았다. 옆에 있던 파트너는 나를 보더니 준비를 하기 시작했다. 갈색머리가 붉은색으로 변하고 눈이 붉어지기 시작했다.

"괴에에엑!!"

괴수는 우리를 발견한 건지 알 수 없는 괴성을 지르며 많은 다리로 우리를 향해 달려오기 시작했다.

"저게 뭔지는 알지, 우리 파트너?"

"어토미어스(Autominus)잖아, 문어형 괴수. 8개의 다리를 잘라내면 소멸하는 거지?"

"맞아. 역시 나와 허투루 파트너를 하는 것 아니군, 파트너."

바람의 머리가 날리고 나는 땅을 박치고 뛰어 올랐다. 하은은 잠시 멍청한 표정을 짓더니 나와 같이 땅을 박차고 뛰어 올랐다.

"그 표정 좋은데?"

씨익 웃으며 말했다. 하은은 화가 났는지 자신의 능력인 불을 쏘기 시작했다. 하은의 능력은 불, 그러니까 파에로 키네티스트. 왜 이렇게 간지 나는 이름을 붙이는지는 모르겠으나 정작 본인은 중2병 같다고 경멸 아닌 경멸을 하고 있다.

"꽤애애액!"

괴수는 괴로운 듯한 괴성을 지르며 불에 활활 타는 발들을 휘두르기 시작했다. 외진 숲이었기에 나무에 불이 붙기 시작했고 발버둥으로 인한 바람 때문에 불이 퍼지려 했다.

"하! 이런 우리 파트너는 정말 막무가내라니까. 내가 없었다면, 없었더라면 다 태워먹고 교도소에 수감됐을걸."

나는 고개를 저으며 나의 능력으로 불을 끄기 시작했다. 나의 손에서 푸른 물이 나와 발버둥을 치고 있는 괴수와 불이 붙은 숲에 뿌렸고 그 뒤 그 물을 얼려 괴수를 꼼짝 못하게 했다.

"아, 이렇게 머리를 써야지 파트너. 그래서 내가 써주겠어?"

파트너는 분한지 입술을 깨물고서는 자신의 능력 불로 괴수의 다리를 제거했다. 괴수는 움직이질 못했고 그대로 소멸했다. 난 괴수를 확인하고 놀랄 수밖에 없었다.

"……"

"뭐야? 무슨 일이야? 뭔 일이라도 일어났어?"

그 뒤 나의 눈을 따라 괴수를 본 파트너도 멈칫 할 수밖에 없었다.

"아무래도 우리를 노리는 사람이 있는 것 같은데?"

"그것도 꽤 실력 있는."

생각해보면 애초에 이상했다. 이 아토미어스는 애초에 잡몹 중 잡몹이라 보통은 무선 통신기에 뜨지도 않았다.

능력자 중에는 여러 종류가 있다. 나처럼 물을 다룰 수도 있고 파트너처럼 불을 다룰 수도 있었다. 그밖에도 순간이동을 하거나 자신이 다른 동물이나 사람으로 변할 수 있는 능력 등 다양한 능력이 있다. 그 중 동물을 다루거나 말이 통하는 능력이 있는데 아주 가끔 괴수들을 길들이는 사람이 있었다. 그리고 그런 사람들의 특징은 자신이 길들인 괴수들의 눈은 자신의 눈 색과 똑같다는 것이다. 참고로 원래 아토미어스의 눈은 하얀색이다. 그렇다는 건 누군가가 그런 능력을 가지고 의도적으로 우리를 노리고 있다는 것이다. 이 사람이 길들인 아토미어스는 잡몹이지만 쓸데없이 길들이기 힘든 괴수로 알려져 있는 만큼 아토미어스를 부릴 정도면 그 사람의 능력이 꽤 대단하다고 볼 수 있었다.

"이런 대단한 능력자가 겨우 15살 짜리 중학생을 노린다니."

"우리가 평범한 중학생은 아니잖아."

"그렇다곤 해도 기분이 좋지는 않네."

"내가 나중에 길들이기를 가지고 있는 능력자들을 찾아볼게."

"알겠어, 파트너."

은은한 피아노 소리가 울리고 넓지만 전체적으로 텅 빈 거실에는 TV도 소파도 없이 딱딱한 의자와 약간의 책만이 있었다. 그 사이 어울리지 않게 꽤 비싸 보이는 최신 컴퓨터가 있었다. 컴퓨터 안에도 게임 같은 것은 찾아 볼 수 없었다. 하은에게 컴퓨터는 오직 자신의 상태를 보고하는 연결책 그 이상도 그 이하도 아니었다. 이곳에 어울려 보이지는 않는 오래된 스피커는 세월을 증명하듯 지지직— 소리가 나며 잔잔하게 피아노 소리를 내고 있었다. 하은은 그 딱딱한 의자에 앉아 자신의 윗사람, 즉 능력자 본부 쪽에 오늘 있었던 일을 보고서 형태로 쓰며 자신의 파트너에 대한 이야기를 썼다. 전에는 파트너인 동시에 감시자이니 보고서를 쓸 때 힘들었던 적도 있었지만 그건 옛날이야기였다. 1년쯤 지나니 언제 그랬다는 듯이 파트너를 감시하고 아무 일 없었다는 말을 길게 늘여 쓰며 경계심 많은 위에 분들을 안심시키는 사탕발린 말을 줄줄이 쓰는 자신을 보니 괜히 복잡해지기 시작했다. 분명히 동물과 교감할 수 있는 능력자에 대해 보내달라고 한 지 오랜 시간이 지났는데 아직도 감감 무소식이다. 분명 위에 분과 직통으로 연결될 텐데 아직도 답이 없는 건 무슨 뜻인지 모르겠다. 쓸데없는 생각이 꼬리에 꼬리를 물고 피아노 소리가 끊길 때쯤에서야 창에 '요청해주신 능력자들 리스트….'라는 한 메일이 도착했다. 하은은 자세를 바로 하고 파일을 열고는 그 리스트들을 대충 훑어봤다. 그러다 한 이름에서 멈춰 그 이름을 뚫어져라 보다가 그 이름을 클릭했다.

　그 파일에는 그 사람에 대한 모든 것이 적혀 있다고 할 수 있을 것 같다. 나이, 이름부터 혈액형, 성격 그밖에 아마 자신도 모를 세세한 습관들이 줄줄이 줄을 이었다. 스토커도 이거보단 덜 무서울 것 같다는 생각을 하는 중 '특이사항' 이라는 칸에 멈춰 설 수밖에 없었다. 그동안 부정만 했던 이걸 직접 확인 하니 더욱 끔찍했다. 이 사건의 범인이 누군지 알 것 같다는 느낌이 들었다.

　주머니에 들어있던 휴대폰이 진동하기 시작했다. 컴퓨터에 앉아 물을 마시며 나에게 보내준 동물 교감 능력자들을 살펴보고 있을 때였다. 익숙하게 폰을 꺼내들어 하은의 전화를 받자 제일 먼저 들려오는 건 다급한, 아니 떨리고 있는 하은의 목소리였다.

　"나 누가 이런 일을 벌였는지 알 것 같아."

　나는 우선 놀랐지만 우선 하은을 진정시켰다.

　"좋은 소식이네. 일단 그 전에 숨부터 정리하고. 그래, 천천히. 천천히 다시 말해봐."

　하은은 잠시 숨을 고르더니 말을 이어나갔다.

　"그 리스트 중에 내가 아는 사람이 있어."

　"…. 그래?"

"내가 어렸을 때 정부 쪽 연구소에 있었어. 연구소라고 해봤자 딱히 불법적인 일이나 우리를 실험대 위의 쥐처럼 실험하지는 않았어. 그냥 어린 능력자들이 자신의 능력을 발전하는 데 도움을 주는 정도. 난 그곳에서 어린 시절을 보냈어. 딱히 부모도 없고 보호자도 없는 고아원에 있던 아이 중 하나였는데 갑자기 나한테 능력이 생긴 거야. 그 사실이 밝혀진 이후 쭉 연구소에서 지냈어. 거기 함께 있던 사람들은 친절했지만 선이 있다는 느낌을 많이 느꼈던 것 같아. 어찌 보면 당연한 거였지만 나는 아직 그 사실을 몰랐고 이해 할 수도 없었어. 나는 어렸고 오직 외롭고 기댈 사람이 필요했던 것 같아. 그때 그녀가 나타났어. 그녀는 자신을 능력자라고 말했어. 무슨 능력인지는 말해주지는 않았지만 그녀는 굉장히 밝은 사람이었어. 처음 만났던 날, 그녀는 웃으며 자신을 지안이라고 말했으니까. 지안은 나에게 많은 걸 알려줬어. 세상과 사람, 또 딱히 재미없는 이야기 같은 거. 난 그냥 지안과 있는 시간이 좋았어. 능력자가 아니라 평범한 어린아이가 된 것 같았거든. 나는 그때 지안을 연구원이라고 생각했어. 그래서 가끔 무슨 연구를 하냐고 물어 그녀를 곤란하게 하기도 했지. 지금 생각해 보면 이상한 데가 많아. 일개 연구원이 날 위해 그 많은 시간을 내어준 것도 이상하고. 그 때는 몰랐지만 그 사람은 꽤나 어렸거든. 고등학생 정도. 다시 떠올리니 그 사람은 자신이 연구원이라고 한 적이 없어. 그냥 내 맘대로 그 사람이 연구원일 거라고 추측한 거지. 내가 무슨 연구를 하냐고 물었을 때 마다 당황하면서 '그건 비밀이야'라며 쓱 웃으며 말했어. 그녀는 첫 번째 히어로를 동경했어. 그 때만 해도 그는 이 세상에 영웅이었으니. 특별한 일은 아니었어. 그의 이야기를 자주 하고 그 사람 이야기를 할 때 좋아하는 게 눈에 보일 정도였거든. 하지만 그 뒤 얼마안가 첫 번째 히어로가 날뛰기 시작했어. 그녀는 며칠 동안 힘들어했어. 자신이 가장 동경하던 사람이 순간 세계의 악당이 되어 버렸으니까. 그 뒤 그 히어로를 제압하기 위해 많은 능력자들이 희생되었고 그녀도 그 중 하나였어. 여기까지가 내가 아는 지안이 이야기야."

"잠시만. 그래서 그녀가 그 리스트에 있었다는 거야?"

"믿기지 않겠지만 있었어."

"……. 말이 안 된다고 생각하겠지. 나도 처음에 안 믿었어. 실수로 삭제도 안하고 있는 줄 알았는데……."

"특이사항 면에 영 능력자가 안에 있다고 적혀 있었어."

"영 능력자?"

"응. 영혼을 조종할 수 있는 능력. 자신의 영혼만이 가능하다고 알고 있어."

"왜인지는 모르겠지만 그 영 능력자가 너가 소중한 사람 몸에 들어갔다는 거지?"

"…어."

"어디 있는지 알고 있어?"

"……. 거주지 정도만 적혀 있었어."

"그럼 가자."

"지금? 갑자기 아니 최소한의 준비도 안하고?"

"뭐 어때. 기습이지. 또 너도 그 사람이 몸만 빼앗긴 채 있는 거 싫지 않아?"

"잠시만 일단 먼저 보고를…. 아니 준비를 먼저 해야 하나?"

나는 당황하는 하은의 목소리를 뒤로 하고 파일에서 그녀를 찾으려고 했다.

"아, 그 사람 이름이 뭐야?"

하은은 잠시 생각하더니 말했다.

"지안… 지안이야 윤지안."

"알겠어.

"고마워, 파트너. 파일에 적혀있는 데에서 30분 뒤에 만나!"

나는 전화를 끊고 옆에 있던 차가운 물을 다 마시고는 생각했다. 아무래도 하은의 소중한 사람의 몸이니까 최대한 상처내지 않고 손상이 없는 방향으로 가야할 텐데 상대가 어떤 패를 숨겨 놓고 있는지 잘 모른다. 나는 머리를 긁적이다가 다시 파일을 봤다. 많은 정보가 있었지만 다른 사람에 비해 정보가 없었다. 왜 그런지 파일을 살펴보니 우리와 꽤나 가까운 곳에 있었다. 우리 학교 근처 숲 정도였다. 숲속에 있었으니 정보를 모으는 것도 쉬운 일은 아니었을 수도 있었다. 하지만 이런 일이 있었다면 미리 말해 주는 편이 누구에게나 좋았을 거라는 생각을 하는 건 어쩌면 당연한 일이었다. 나갈 준비를 다하고 보니 어떤 괴수를 길들여났을지도 모르고 어떤 괴수가 우릴 막아설지도 미지수이다. 하지만 별 수 없는 일이라고 생각하며 나는 집 밖을 나섰다.

-철컥

시원한 바람이 내 몸을 훑고 지나갔다. 앞에서 본 그 집은 내 생각보다는 더 작았다. 그냥 작은 오두막집 같은. 아마 그래서 정보가 없는 것도 한몫했을 것이라고 생각된다.

오두막집은 어찌 보면 낭만적이지만 또 어찌 보면 시대착오적이기도 하다. 겉보기에는 그렇게 커 보이지 않는다. 집 근처에는 작은 풀이 돋아나 있었는데 정리를 한 건지 특이하게 길이가 일정했다. 나는 문을 가볍게 두드렸지만 안에서는 아무 반응이 없었다. 내가 손을 내리면서 실수로 문 손잡이를 건드리자 철컥 하는 소리가 들리며 문이 열렸다. 순간 내가 모르는 사이 새로운 초능력이 생겼나 당황하고 있을 때 단순히 문이 열려 있었다는 것을 깨달았다.

곧 있으면 나의 파트너가 올 것인데 기다릴지 아니면 들어갈지 잠시 고민하다가 파트너는 어느 함정에 걸리면 일단 집을 태워버릴지도 모른다는 것을 떠올리고 문을 열고 들어갔다. 문 앞에는 보라는 듯이 활짝 웃고 있는 어린 하은과 지안의 사진이 있었다. 집의 첫인상은 전체적으로 텅 비어있다는 느낌을 받았지만 그냥 봤을 때는 그냥 미니멀 라이프를 즐기는 사람 같았다. 하은의 집을 처음 갔을 때와 비슷한 분위기가 나는 것만 같았다. 또한 하은의 집에서 들리던 은은한 피아노 소리가 이 집에서도 들리고 있었다.

나는 우선 식탁 위에 있는 어린 하은과 지안이 찍은 사진을 덮고 집을 둘러보았다. 오른쪽 벽면에 방이 하나 보였다. 그 방은 마치 나를 반기듯 문이 살짝 열려 있었다. 내가 슬쩍 문을 열고 안을 들여다보니 방안에는 나의 사진과 하은 그리고 괴수의 사진들이 뒤죽박죽 붙여져 있었다. 순간 어이가 없고 불쾌한 기분만이 들었다. 도대체 이 사람이 나와 뭘 하자는 것인지 이해할 수가 없었다. 죽은 사람 몸을 빼앗고 그 사람 행세를 하기도 하고……

"뭐해?"

옆에서는 하은이 의아하다는 목소리로 나에게 물었다.

"아, 별 거 아니야."

하은은 이 방을 한번 둘러보고는 말했다.

"끔찍하네. 당장 토하고 싶을 정도야. 그렇지 않아?"

"그렇네."

나는 씩 웃으며 말했다. 마음이 조금 진정된 것 같았다.

"그래. 그리고 이상한 거 못 느꼈어?"

"어떤?"

"허, 대한민국 최강 자리 반납해야 하는 거 아니야? 바닥을 봐봐."

"바닥이 무슨?"

"들어오면서 못 느꼈어?"

나는 하은이 무슨 말을 하는지 감도 오지 않았다. 하은은 나를 한심하다는 표정으로 바라보더니 발로 바닥을 두드렸다. 그러자 바닥에서는 소리가 나는 동시에 희미하게 울리는 소리가 들렸다. 나는 그제서야 깨닫고 말했다.

"지금 너는 이 밑이 비어있다는 말을 하고 있는 거지, 그렇지?"

"그걸 이제 알았어?"

아마 방의 꼴을 보고 너무 놀라 알아차리지 못한 것일 것이다.

"그래, 파트너. 고마워."

"그럼. 가보자고."

나는 양탄자를 걷었고, 그러자 바닥에는 문이 보았다.

"너무 뻔한 거 아니야? 어쩌면 함정일 수도."

"함정이어도 어쩔 수 없지."

나는 웃으며 문을 열고 안으로 들어가기 시작했다. 안에는 깜깜하고 습기가 많아 축축했다. 하은은 근처에 있던 나뭇가지를 들더니 능력을 사용해서 불을 붙였다. 순간 밝아지자 '으르르릉' 근처 곳곳에서 괴수들의 울음소리가 들렸다.

"허! 이런 공간을 멋대로 만들다니. 보고하면 벌금은 기본이고 10년은 기본으로 감옥에서 썩을지도 모르겠어."

내가 앞으로 한 발자국 내딛자 '철컥'이라는 소리가 들리며 무언가 발동하는 소리가 들렸다. 내가 황급히 발을 뗐을 때는 이미 늦었었다. 괴수들을 가두어 놓던 철창이 열리기 시작했다.괴수

중에서는 여러 위험한 괴수들이 가득했다. 내가 당황하고 있을 때 나를 항해 큰 뿔을 가진 괴수가 달려오기 시작했다. 나는 급하게 그 괴수의 발을 얼렸다. 내 능력은 좋지만 한 가지 문제가 있었다. 그건 바로 내 능력이 얼음이다 보니 몸에 있는 수분을 모아쓴다는 것이다. 그러니 몸의 수분이 다 떨어지면 말짱 도루묵이라는 것이다.

평소의 물을 끼고 살기도 하고 물 한 모금만 먹어도 10배에 달하는 물로 만들어 낼 수 있지만 내가 만든 물은 이상하게 통하지 않았다. 평소에는 상관없지만 이렇게 괴수들이 많다면 문제가 생길 수도 있을지도 모르겠다고 생각했다. 내가 생각을 하고 있을 때 내 뒤로 괴수가 다가오고 있었다. 팔이 굉장히 많은 괴수라서 한번 잡히면 빠져나올 수 없는 괴수였다. 나는 재빠르게 그 손을 피하고 나를 향해 빠르게 다가오던 그 손을 잡고 던져 버렸다. 괴수들은 당황한 것인지 내 근처로 다가오지 않았다.

하은은 섣불리 능력을 사용하지 못하고 있었다. 그 이유는 하은의 불은 일명 쿨타임이 있었다. 일정된 파워를 다 쓰면 충전이 될 때까지 있어야 한다는 것이다. 요즘에는 점점 줄여 1시간 정도이면 충전이 다 되지만 그것도 파워가 다 없어졌을 때 이야기이다. 그때 하은을 향해 괴수가 돌진했다. 나는 막으려고 했지만 그 순간 내 쪽으로 괴수의 팔이 날아와 막지 못했다. 하은은 다가오는 괴수를 불태우고는 말했다.

"이 정도면 긴급 상황인 거 맞지?"

우리에게는 한 가지 능력이 또 있었다. 무기를 만들어 내는 것인데 능력을 많이 써야 하고 되면 될수록 쓰지 못하게 하고 있다. 하지만 한 가지 예외가 있다. 바로 긴급 상황. 목숨이 위험하다고 느낄 때에나 나라에 큰 위험이 닥쳤을 때만 사용할 수 있다. 나에게 고개를 끄덕이자 하은은 바로 무기를 만들었다. 하은의 무기는 붉은 창이었다. 하은은 뜨겁지도 않은지 그 창으로 괴수들을 학살하기 시작했다. 하은이 그러고 있을 때 방금 나를 향해 주먹을 날렸던 괴수가 한 번 더 나를 향해 주먹을 날렸다. 이 괴수는 꽤 위험한 괴수이며 몸을 감싸고 있는 바위 같은 것이 방어막 역할을 한다. 나는 빠르게 주먹을 피하고는 무기를 생성했다. 내 무기는 긴 검이다. 푸른 빛이 나는 이 검을 나는 익숙하게 잡고 괴수를 향해 휘둘렸다. 괴수의 방어막에 금이 가자 괴수는 크게 울며 나를 향해 달려왔다. 나는 검으로 괴수를 막았지만 뒤로 밀렸고 등이 벽에 닿기 직전에 뛰면서 괴수를 향해 크게 검을 휘둘렸다. 그 순간 괴수가 부서지는 소리와 함께 죽었다. 그 이후로 많은 괴수들이 우리를 향해 달려왔지만 모두 처리했다. 우리는 이 방을 둘러보기로 했다.

지안의 몸에 빙의한 사람은 생각보다 대단한 사람이었다. 이 사람은 본래 연구소에서 활동했지만 첫 번째 히어로를 만나고 그 히어로에게 헛바람을 넣어 날뛰게 만들기 시작했다. 그는 첫 번째 히어로를 이용해 이 나라를 지배하겠다는 마음을 가졌었다. 사람들로 인해 그 계획이 실현되지 못할 위기를 겪자 그 사람은 첫 번째 히어로의 몸을 차지해 반대 세력을 없애려고 했지만 실패했다. 그 이후 쓸모 있어 보이는 지안의 몸을 뺏어 살아오고 있었다.

더욱 중요한 것은 그 사람이 첫 번째 히어로를 죽인 드래곤을 가지고 있다는 사실이다. 그 사건 이후 드래곤은 나타나지 않아 다른 괴수처럼 게이트를 이용해 간 줄 알았으나 그 사람에게 잡혀 있었던 것이다. 이 드래곤만 있다면 전 세계를 지배하는 것은 일도 아니라는 것도. 하지만 드래곤은 지금 깊은 잠인지 봉인인지 모를 것으로 깨어나지 않고 있고 가장 최신 기록으로 보이는 자료에서 드래곤의 봉인을 풀 방법을 알아냈다는 것도 알게 되었다. 그 옆에는 지도가 있었다. 지도에서는 그 사람이 있는 장소가 표시되어 있었다. 여기서 살짝 먼 공터였다. 우리는 능력을 충전할 상황이 아니라는 것을 알고 급하게 물 한 잔 마시고는 그 곳을 향해 가기 시작했다.

공터에 도착하자 눈이 노란 여러 괴수들과 붉은 드래곤이 있었다. 지안은 보이지 않았지만 아마 드래곤 근처에 있을 것이라고 추측할 수 있었다. 하은은 창을 이용해 다가오는 괴수를 향해 창을 던져 싸웠고 나는 검을 이용해 괴수들을 베며 앞으로 나아가기 시작했다. 여러 괴수가 한 번에 다가올 때도 있어 어느새 능력이 점점 바닥을 드러내고 있었다. 하은 또한 마찬가지였다. 불은 에너지를 많이 쓰는 능력이라서 그런지 하은은 전체 능력치도 살짝 낮아진 것 같았다.

우리가 능력이 바닥을 향해 갈 때 괴수들을 모두 물리쳤다. 이렇게 많은 괴수와 한꺼번에 싸운 건 거의 처음이었던 것 같다. 내가 드래곤이 있는 곳을 보자 지안이 우리를 내려다보고 있었다. 그녀는 우리를 보더니 말했다.

"난 너가 진심으로 자랑스러운 걸. 어린 시절이 아직 눈에 아른거리는데 어느새 이렇게 커서 이렇게 나의 계획을 방해하려 들다니."

지안의 말이 끝나기가 무섭게 하은이 지안을 향해 창을 던졌다. 창은 지안 바로 옆에 나무에 박혔다. 지안은 웃더니 그 창을 손으로 뽑았다.

"이 여자는 특히 너랑 각별한 사이 같던데."

지안은 뜨겁지도 않은지 그 창을 하은을 향해 던졌다. 창은 하은의 바로 앞에 꽂혔다.

"이제 내 계획을 방해하려고 해도 할 수 없어. 이제 능력도 바닥 났을 텐데 여기서 더해 봤자 나의 드래곤의 먹이가 될 뿐이야."

그 말에 반응하듯 잠들어 있던 드래곤이 몸을 일으켰다. 드래곤의 눈은 진한 노란색이었다.

"있잖아, 우리 꽤 큰일난 것 같지 않아?"

하은은 그렇게 말하며 나를 바라보았다. 그 순간 드래곤이 나를 향해 돌진했다. 드래곤을 막아보려 했지만 역부족이었다. 나는 나무에 쳐박히고 말았다.

"쿨럭쿨럭."

입에서는 거친 기침이 나오기 시작했다. 배가 찢어질 것만 같았다. 드래곤이 나를 향해 입을 벌리자 나는 빠르게 검으로 막았다. 하지만 드래곤은 살짝 밀리나 싶더니 검을 씹어 먹고는 나를 향해 돌진했다. 그 뒤에서 하은이 창을 높이 들고 드래곤의 등을 향해 뛰었다. 드래곤은 하은을 슬쩍 보더니 커다란 꼬리로 벌레

쳐내듯 하은을 쳐냈다. 하은은 뒤로 밀려났다. 그 틈을 타고 나는 검을 만들어 내고는 드래곤을 향해 뛰어나갔다. 드래곤을 향해 검을 휘두르자 드래곤의 단단한 가죽에 작은 홈집이 생겼다. 드래곤은 나를 향해 크게 울부짖고는 날개를 한번 크게 펴고 나를 향해 다가오기 시작했다.

그런데 이상한 점이 있었다. 날개가 있다면 날아 하늘위에서 공격하면 쉬울 텐데 이상하게 땅위에서만 공격을 하고 있었다. 만약 날지 못 하는 것이라면 우리에게도 승산은 있었다. 이 드래곤의 약점이 무엇일까. 어느 괴수라도 약점은 있다. 예를 들어 전에 창고에서 처리한 단단한 돌로 온 몸을 감싸고 있던 괴수는 돌이 가장 큰 약점이자 강점이다. 이 괴수는 만약 돌이 부서져 떨어지면 죽기 때문이다. 이렇게 약점을 드러내고 있는 괴수도 있지만 보통은 자신의 약점을 드러내지 않는다.

그렇다면 이 드래곤의 약점은 무엇일까. 일단 머리는 아니다. 계속 나에게 머리를 들이대는 모습을 보면 알 수 있다. 그렇다면 어디일까.. 내가 고민하고 있는 사이 드래곤은 나에게 달려왔다. 나는 드래곤을 피하려 했지만 내가 옆으로 피하려 하자 드래곤은 날개를 폈고 나를 향해 휘둘렸다. 나는 보기 좋게 날아가 나무에 쳐박혔다.

"커헉."

하은이 비명과 함께 나를 부르는 소리가 웅웅대며 들려왔고 힘들게 눈을 뜨자 한 쪽 눈이 빨갛게 보였다. 나는 잠시 당황하다 정신을 차리고 이마에서 흐르는 피를 닦아냈다. 내 상태를 살피니 꼴이 말이 아니었다.

그때 드래곤이 또 나를 향해 달려왔다. 칼은 근처에 있었지만 지금 잡기에는 역부족이었다. 이대로 저걸 받아낸다면 온몸이 부서질 것이다. 나는 잘 돌아가지 않는 머리로도 이 상황을 알 수 있었다. 뭔가 허무감과 알 수 없는 감정들이 온몸을 감싸고 있을 때 나를 향해 달려오던 드래곤의 등 뒤로 하은이 보였다. 하은은 드래곤의 등 뒤에 창을 꽂았고 나에게 집중하고 있던 드래곤은 꼼짝 없이 당하고 말았다. 하은은 그 뒤 나를 향해 달려왔다. 내 상태를 보더니 놀란 표정으로 나에게 무언가를 던졌다. 그건 물 한 병이었다.

"오두막 집 냉장고에 몇 병 있어서 먼저 챙겼었어. 먹어."

나는 잠시 표정 관리를 못하다가 씨익 웃으면서 말했다.

"고마워, 파트너. 이거 잘하면 이 나라를 구하는 생명의 은인이 될 수 있겠는데?"

내가 이렇게 말하자 하은은 잠시 가만히 있다가 내 등을 때리려다 손을 내렸다.

"그래, 물이나 먹어. 이러다가 진짜 죽어."

하은은 그러면서 몇 병을 더 건넸다. 나는 빠르게 물을 먹었다. 나는 계속 생각하기 시작했다. 만약 날지 못해 날지 않는 것이라면 왜 그럴까, 혹시 배에 심한 상처나 약점이라도 있는 것이 아닐까. 실제로 드래곤이 나타났을 때 대부분의 히어로들이 공격했다는 것은 잘 알려져 있었고 날며 가장 많이 노출된 곳은 날개

또는 배라는 것을 쉽게 알 수 있었다. 사실 약점이든 아니든 좋았다. 배를 공격하면 어찌되었든 드래곤에게 치명타를 선사 할 수 있을 것이다. 그 뒤 나는 몸을 일으키고 이제 정신을 차린 드래곤을 봤다.

"생명의 은인은 잠시 충전하고 있어."

나는 그렇게 말하면서 드래곤을 향해 달려갔다. 먼저 움직임을 멈추기 위해 드래곤의 발을 얼렸다. 드래곤이 당황한 사이 등 위로 올라가 서서 검을 꽂으려 하자 드래곤이 나를 향해 꼬리를 휘둘렸다. 얼리려고 했지만 꼬리가 계속 움직여 하기 힘이 들었다. 나는 우선 검으로 나에게 다가오는 드래곤의 꼬리를 쳐냈다. 몇 번을 아슬아슬하게 넘기고, 몇 번을 베이고 나서야 드래곤의 꼬리를 베어 낼 수 있었다. 하지만 검은 생채기가 심하게 나 더 이상 쓰기는 힘들어 보였다. 드래곤은 한번 길게 울고는 버둥대기 시작했다. 내가 중심을 잡으려 할 때 얼음이 부서지는 소리가 들렸다. 당황하고 있을 시간이 없었다. 나는 재빠르게 검을 만들었다. 그리고는 나는 드래곤을 한 손으로 잡고 다른 한 손으로는 드래곤의 등을 향해 검을 꽂았다. 드래곤은 한번 길게 울더니 그 뒤 잠잠해졌다. 나는 지안이 있는 곳을 바라보았다. 그 순간 지안과 내가 눈이 마주쳤다. 지안은 날 보더니 말했다.

"하하, 이러기 있어? 완전 압도적이잖아. 이런 위험 덩어리를 사회에 풀어놓다니 이러기 있어?"

나는 지안을 향해 걸어갔다. 내 옷에서는 붉은 피가 뚝뚝 떨어졌다. 지안은 나를 보면서 부들부들 떨고 있었다. 나는 지안의 목

을 한 손으로 쥐면서

"그 몸에서 나와."

힘이 없어서 그런지 낮은 목소리가 내 입에서 흘러나왔다. 지안은 얼굴이 파래졌다.

"아…안 돼. 지금은 옮겨갈 몸이 없어서 이 몸에서 빠져나간다면 죽을 거야."

나는 손에 힘을 주며 말했다.

"내 말이 장난 같아?"

그 때 내 옆으로 피 묻은 창이 꽂혔다. 지안은 순간 미소를 지어보이며 입을 열려고 했다.

"죽일 거면 그걸로 죽여."

그러자 지안은 당황하며 소리쳤다.

"나야, 나라고. 하은아, 나를 이렇게 배신할 거야?"

하은은 지안을 보면서 또박또박한 목소리로 말했다.

"당신은 지안이 아니야. 그 사람은 이런 사람이 아니었어. 이대로 계속 당신이 있다고 해도 나와 지안의 추억에 더러운 오물을 바르는 꼴밖에 되지 않아. 어쨌든 그 사람은 이미 이 세상에 없으니까. 그리고 아마 그녀도 이걸 원할 거라는 믿음이 있거든. 그녀는 강한 사람이니까. 또 나를 사랑하니까 나에게 상처 주는 행동을 하는 자신이 되기를 바라지 않을 거야. 그러니까 이제 우리 언니를 편하게 해줘. 부탁이야."

나는 고개를 돌려 그 사람을 봤다. 그 사람은 하은을 멍하니 바라보고 있었다.

나는 창을 뽑았다. 하은은 눈을 잘끈 감았고 그 사람은 멍한 눈빛으로 나를 바라보았다.

"……."

"뭐하는 거야? 나는 괜찮으니까…."

하은이 떨리는 목소리로 말했다.

"나갔어."

"뭐?"

그 사람은 아무래도 나가서 죽는 방법이 덜 고통스러울 것이라고 생각했는지 지금 내 손에 있는 건 더 이상 움직이지 않았다. 손에 맥박 또한 느껴지지 않았다.

.

.

.

.

"뭐야 안 와도 된다니까."

그 일 이후 몇 년이 지났다. 정부는 이 일을 은밀히 덮기 바랐고 하은도 이 일이 알려져 자신의 언니가 혹시 피해를 입을까봐 그 말에 동의했다. 그 뒤로 몇 년이 지나고 일 년에 두 번 지안의 무덤에 가고 있다. 그 사람이 지안의 몸에서 빠져 나간 날. 그리고 첫 번째 히어로가 게이트로 들어간 날. 하은은 시간이 날 때마다 들르는 것 같았다. 그 뒤로도 많은 일이 있었다. 고등학생이 되고 이 일처럼 큰일은 없었지만 작은 일이 많이 있었다.

　"하은, 이제 집에 가자 곧 어두워질거야."

　내가 말하자 하은은 몸을 일으켰다.

　"또 올게."

　하은은 이렇게 말하며 웃었다.

작가의 말

안녕하세요. 아포칼립스를 쓴 작가 박주영입니다. 저는 코로나가 시작되고부터 집에만 앉아 책만 읽었던 적이 많았습니다. 그때 글의 재미를 느껴 인터넷에 제가 쓴 글을 조금씩 올려보며 글쓰는 것에 대한 흥미와 자신감을 키워갔습니다.

학교에서 주제선택 반 중에서 '초단편글쓰기'를 보고 처음 본 순간부터 이 수업을 희망하게 되었습니다. 운이 좋게도 원하는 수업에 들어오게 되어 책 출판이라는 좋은 기회까지 가질 수 있게 되어서 매우 기쁩니다.

제 단편소설을 쓰면서 많은 생각을 했습니다. 글을 적으며 원래 비중이 많았던 인물도 빼고 설정도 많이 추가가 되어 결말을 쓸 때는 '큰일 났다!'라는 마음이 먼저 든 것 같습니다. 하지만 글을 다 쓰고 나니 후련하기도 하고 살짝 후회되기도 합니다. 사실 이 주제선택은 두 시간 연달아 수업해서 한 번 빠지면 타격이 큰데, 의도치 않게 난생 처음으로 인대가 늘어나서 병원에도 일주일 간 있어 봤거든요. 선생님이 딱 정해놓은 커리큘럼이 있어서 수업을 빠지고, 다른 친구들 진도를 맞추지 못해 힘이 들기도 했지만 결국 글을 다 쓰고 보니 그 과정 또한 재미있는 에피소드가 된 것 같아요.

어쨌든 책이 나온다는 것에 대해 아직은 실감이 나지는 않고 많은 사람이 읽어 줄 거란 생각은 꿈에도 하지 않습니다. 그래도 제가 책 출판에 함께 한다니 기분이 좋긴 좋네요. 앞으로는 된다면 인터넷에 제 글을 조금씩이라도 올려보려 합니다. 그러면 지금 이 후기를 읽고 있는 당신이 한 번 더 제 글을 볼 일이 생길지도 모르겠네요.

긴 글 읽어 주셔서 감사합니다. 어쩌면 이걸로 제 인생의 또 다른 재미있는 선택지가 생겼을지도 모르겠어요.

*** 이 소설의 주인공인 유령능력자인 동근이가 지훈 선배를 만나며 벌어지는 이야기를 담은 글입니다. 이 글을 읽고 동근이라는 캐릭터에 이입을 하면서 즐겁게 읽어 주시기를 바랍니다.

유령 능력자들의 이야기

김홍민

'소리없이 고요하다. 종치기 3초전 3...2...1!'

종소리가 들리고 동근이 말한다.

"학교 끝났다~."

시끄러운 친구들의 목소리가 들린다. 종례가 끝나고 동근의 절친인 상우가 동근을 부른다.

"동근아 집에 가자."

우리의 집은 보육원이다. 어렸을 때 상우와 나 둘 다 부모님을 잃고 보육원에 같이 살게 되었다. 학교를 마치고 동근은 집에 갔다. 보육원 앞에 도착하자 의문의 남자가 보육원 앞에서 있었다. 그리고 동근에게 말을 걸었다.

"안녕하세요. 혹시 양동근 씨 맞으십니까?"

동근은 대답했다.

"네.. 맞긴 한데요. 혹시 무슨 일로..."

그러자 남자가 대답했다.

"전 당신의 능력을 알고 있습니다. 당신을 도와드리겠습니다. 당신과 같은 사람들이 있습니다. 저희와 함께 일을 한다면 숙식을 제공하겠습니다. 저희와 함께 일을 해보시겠습니까?"

동근은 생각했다.

'내 능력을 알고 있다고? 나와 같은 능력자들도 있으니 믿을 만한 것 같은데.. 게다가 숙식을 제공한다니 괜찮은 거 같은

데...더 이상 보육원 아저씨에게 빚지고 살기 싫어!'

동근은 그의 말을 믿고 의문의 남자를 따라갔다. 의문의 남자는 차를 타고 자신의 회사로 우리를 데려갔다. 차를 타고 가는 동안 의문의 남자는 본인에 대해 소개를 해주었다.

"반말해도 되지? 음..내 이름은 남지훈이야, 나이는 20살이고 편하게 지훈 선배라고 불러줘. 나는 어렸을 때 친누나를 잃고 친누나의 능력을 내가 얻었지."

동근은 말했다.

"제가 유령능력에 대해 별로 정보가 없어서 그런데 자세하게 좀 말해주실 수 있나요?"

지훈이 대답했다.

"유령 능력은 죽은 사람이 죽어서 이승을 떠도는 유령의 소원을 들어주고 초능력을 얻는 능력이야. 이건 알고 있지?"

동근은 말했다.

"네, 그거까지는 알고 있는데 더 자세한건 없는 건가요?"

지훈이 말했다.

"그거 말곤 없어, 그보다 너는 능력을 누구한테 받은 거야?"

동근이 말했다.

"능력? 그거 태어나면서부터 얻는 거 아닌가요? 저는 누구한테 능력을 받은 기억이 없는데..그리고 전 태어날 때부터 능력이 있었다고 기억하는데요."

그러자 지훈이 말했다.

"응...? 태어날 때부터 능력을 가질 순 없어. 또 능력은 능력을 가진 자가 죽었을 때 다른 사람에게 줄 수 있는 거야. 음... 내 생각엔 너, 기억이 지워진 거 같다."

기억이 지워졌을 수도 있다니... 꺼림칙했지만 일단 넘어갔다. 회사에 도착하고 지훈은 나에게 같은 유령능력자들을 소개시켜 주었다. 첫 번째, 심승민. 불의 유령능력자로 유령의 소원을 더 많이 들어줄수록 불의 크기와 불의 정도(온도), 사용시간이 늘어난다. 두 번째, 김도영. 전기의 유령능력자로 유령의 소원을 더 많이 들어줄수록 전기의 정도(볼트)와 범위가 늘어난다. 세 번째, 이정후. 몸을 분리할 수 있는 유령능력자다. 유령의 소원을 더 많이 들어줄수록 총을 더 빨리 쏠 수 있다. 마지막으로 관리자 남지훈. 그의 능력은 염력이다. 유령의 소원을 더 많이 들어줄수록 염력의 힘, 염력의 범위가 늘어난다. 지훈은 곧 나에게 자기소개를 시켰다. 나는 자기소개를 시작했다.

"안녕, 내 이름은 양동근이고 내 유령능력은 속도가 빨라지는 능력이야. 나의 속도를 제어할 수 있고 유령의 소원을 더 많이 들어줄수록 나의 속도가 빨라져."

자기소개가 끝나고 같이 밥을 먹고 회사를 소개받으니 시간이 10시가 되어 나는 곧 잠들었다.

'아, 지금 몇시지....7시네..어??? 오늘 월요일인데?????'

나는 급하게 준비하고 출발하여 나의 속도 능력으로 유령친구들과 나는 가까스로 지각을 면할수 있었다.

내가 지훈 선배를 따라 회사에 들어간 지 한 달이란 시간이 지났다. 알고 보니 유령능력자들과 나는 같은 학교였고 덕분에 금방 친해질 수 있었다. 나는 그동안 다른 친구들처럼 능력을 초능력으로 꽤 강하게 만들었다. 그러니까, 좋은 능력으로 만들었다는 얘기이다. 내 능력이 꽤 쓸 만하다. 숙제할 때 빠른 속도로 할 수 있는 거? 뭐 어쨌든 꽤 즐겁게 생활하고 있다. 회사에 들어가서 많은 것이 변할 줄 알았는데 생각보다 평범한 생활이 계속되었다. 학교를 마치고 다른 곳에 다니면서 유령을 한 명 발견하였다. 그 유령은 이미 날 알고 있는 듯했다. 그리고 유령은 나에게와 말했다.

"내 소원을 들어줘... 능력은 못 증가 시켜주지만 너의 지워진 과거에 대해 알려줄게."

나의 과거? 잊고 있었다. 그러고 보니 다른 능력자 친구들도 다 능력을 누구에게서 얻었는지 모르던데...생각이 끝나고 동근은 말을 했다.

"네? 근데 혹시 소원이 무엇인가요?"

유령은 대답했다.

"너...남지훈이라는 남자를 알고 있지?"

동근은 말했다.

"네.. 근데 지훈 선배와 함께 일하는 게 소원과 무슨 상관이 있는 건가요?"

유령은 나의 말이 끝나기 무섭게 말했다.

"그 남자.. 조심해. 아주 위험한 남자야. 그 남자에 회사에 들어갔다는 거. 너 말고 다른 유령능력자들도 있겠네... 다른 유령능력자에게 지금부터 내가 말하는 사실을 알리고 힘을 합쳐 그 남자를 무찔러야 해. 그 남자는 사실 유령들을 구하는 목적을 이용해 너희들을 죽이려 하고 있어. 내 소원은 그를 죽이는 거야."

나는 놀라 되물었다.

"남지훈이요?? 그 남자가 저희를 죽여서 능력을 얻으려 하는 거라면.. 그것도 이상해요. 유령능력은 죽은 유령 능력자가 능력을 줄 사람을 선택할 수 있는 걸로 아는데요. 만약에 제가 죽었다고 해도 다른 사람에게 줘버리면 끝인데..."

유령은 말했다.

"그러니까 너희를 속이려는 거야, 그리고 그 남자에게 능력이 넘어가지 않게 내가 막으러 온 거고. 그 남자를 무찌르면 내가 너의 과거에 대해 알려줄게."

동근은 순간 유령이 계속 반말을 하고 있었다는 걸 알아차렸다. 하지만 동근은 그 유령이 왠지 익숙해 반말하는 것에 대해 어색하게 생각하지 않았다. 그래서 동근은 유령에게 이름을 물어보

앉다. 유령은 대답하였다.

"내 이름? 뭐 궁금하다면 알려줄께, 내 이름은 준우야. 김준우."

동근은 어렴풋이 익숙한 이름이었지만 그냥 넘어갔다. 그리고 팔랑귀 동근은 준우가 했던 말을 그대로 유령능력자 친구들에게 말해주었다. 다들 안 믿는 눈치였지만 정후는 철썩 같이 믿는듯했다. 정후가 말할 차례를 기다리고 있었다는 듯이 의견을 말했다.

"나는 예전부터 의심하고 있었어. 우리 모두 기억이 지워졌다고 지훈 선배는 말했어. 전부터 지훈 선배는 의심스러운 부분이 여러 가지 있었어. 우리랑 즐겁게 놀 때 몰래 의심스러운 통화를 하고 있는 걸 내가 봤어. 또, 저번에도 우리가 의심해서 추궁했을 때 둘러대고 화제를 돌렸잖아. 여러 가지 이유로 나는 지훈 선배가 우리를 속이고 있는 거 같아."

승민이 반박했다.

"그럼 왜 우리를 동근이가 올 때까지 죽이고 능력을 뺏지 않았을까? 동근이 우리와 만나기전에 우리 셋은 3년 전에 만나 같이 있었잖아."

정후가 말했다.

"그건 의문이지만 나는 그 유령의 말이 맞다고 생각해, 도영아 너는?"

도영은 대답했다.

"음.. 아직은 잘 모르겠지만 나는 유령의 말도 믿어봐야 할 거 같아."

동근은 말했다.

"그럼 이렇게 하자. 지훈 선배를 갑자기 사슬로 묶어서 남지훈의 반응을 살피는 거야. 거기서 선배가 본색을 드러내면 진짜 나쁜 놈이고 아무 짓도 안 하고 당황하면 아무것도 아닌 거지. 어때?"

모두 동근의 의견에 동의를 했다.

시간은 1주일이 흘렀다. 지훈 선배를 묶을 밧줄도 준비했고, 이제 지훈 선배를 기다리기만 하면 된다. 그때 회사의 문이 열렸다. 나는 곧바로 밧줄을 들고 지훈 선배를 묶었다. 지훈 선배는 당황한 말투로 말했다.

"무..무슨 짓이야? ㅇ..ㅣ.이..이벤트인가?"

지훈 선배는 전혀 모르는 눈치였다. 염력 능력으로 밧줄을 풀지도 않았다. 나는 지훈 선배에게 다가가 밧줄을 풀어주었다. 그때 승민이가 말했다.

"선배!! 지금이에요!!"

나는 말했다.

"응? 뭐ㄱ.."

그 순간 도영이에게 돌들이 날아갔다. 속수무책으로 당했다. 도영이는 피를 흘리며 쓰러져 있으며 승민이와 지훈 선배의 공격은 계속 해서 날아왔다. 하지만 포기할 수 없었기에 우리는 계속

해서 싸웠다.

　상황은 점점 나빠져 갔다. 계속되는 정후를 향한 승민이의 공격이 날아갔고 정후를 지켜보던 나는 방심하고 있다가 지훈 선배의 염력 공격을 맞고 쓰러졌다. 정후 혼자서 싸웠지만 공격을 피하는 게 전부였다. 정후가 염력공격에 맞기 직전 나는 소리쳤다.

　"안돼!!!!"

　갑자기 사라졌던 기억이 돌아왔다. 3년전 가장 행복했고, 가장 끔찍했던 그날이……

　-3년 전

　내가 말했다.

　"준우 형..오늘은 진짜 일 안하고 나랑 놀이공원 가는 거다. 알겠지? 약속했다?"

　준우 형은 대답했다.

　"알았어, 걱정하지 마. 오늘은 다 같이 놀러가는 거야. 그러니까 즐겁게 놀자."

　나와 준우 형, 도영이, 정후는 지하철역에서 지훈이 형을 만났다. 다들 놀이공원에 와서 신났는지, 바이킹도 타고, 롤러코스터도 타고, 자이로드롭도 타고 열심히 놀았다.

시간은 저녁이 되었고 우리는 다시 지하철을 타고 집으로 돌아갔다. 집에 도착해서 나는 정후와 도영이랑 즐겁게 보드게임을 했다. 준우 형은 지훈이 형과 할 얘기가 있다며 밖에 나갔다. 즐겁게 놀고 있던 중에 무언가 부딪치는 소리가 났다. 나는 급하게 밖에 나가 상황을 살폈다. 그리고 그 곳엔 염력으로 형, 누나들의 목을 조르고 있는 지훈이 형이 잡힌 준우 형, 하영이 누나와 지후 누나. 뭔가 잘못된 걸 알고 도망치려 했으나 지훈이 형이 나를 잡고 나의 목을 졸랐다.

숨이 막혔다. 발버둥 쳤으나 힘이 너무 세서 놓을 수 없었다. 그때 준우 형이 말했다.

"날...죽일 수 있게 해줄 테니 그 애는 놔줘.."

지훈이 형이 말했다.

"호오...? 이 녀석이 그렇게 중요한 애인가. 그러면 니 능력까지 나에게 주는 조건으로 이 녀석을 살려주지. 어떠냐?"

준우 형이 말했다.

"그래...알겠으니까 빨리 그 애를 놔줘..."

지훈이 형이 말했다.

"자 놨지? 이제 능력을 줘."

준우 형이 말했다.

"동근아 도망가!!!"

그 순간 나는 내 몸 안에 능력이 들어온 것을 눈치챘다.

지훈이 형은 말했다.

"이런 뒤통수를 씨게 맞았네."

내가 말했다.

"그..그게 무슨 말이야? 형은 어떡하고, 그리고 이 능력은 뭔데?"

준우 형이 말했다.

"나는 괜찮으니까 빨리 도..."

'뿌드득'

내 눈앞에서 준우형의 목이 꺾였다. 그리고 준우 형이 죽었다.

"형!!! 안돼!!!!"

지훈이 형이 말했다.

"아...그러게 능력주고 편히 죽지 왜 이 사단이야..... 어이 꼬맹이 니 속도 능력 나한테 주면 너 살려줄게. 니 친구들도 그러니까 빨리 줘."

내가 말했다.

"아....아...혀..형...준우 형...안돼..형 없으면 나 못살아...형..."

지훈이 형이 말했다.

"야~ 빨리 줘어어~ 니 친구라도 지켜야지, 안그럼 너도 죽.."

지훈이 형이 속으로 생각했다.

'뭐...뭐지... 왜 말이 안 나와? 움직여지지도 않는데? 설마 저 꼬맹이가 벌써 시간 능력까지 간 건가? 말이 되긴 하네. 능력 폭주는 현실부정과 욕망이니... 그럴 만하군... 일단은 도망가야겠는데...'

내가 말했다.

"준우형....안돼...형.."

그리고 시간정지가 풀렸다. 지훈이 형이 말했다.

"기절한 것 같군.... 뭐 이 상태로는 능력도 못 얻으니 쟤 기억 없애고, 다음을 기약해야겠군. 다음에 보자 꼬맹이."

-다시 현재

내가 말했다.

"하하...하하하...당신이었어...준우 형을 죽인 게."

지훈이 형이 말했다.

"그래, 기억이 떠올랐구나. 정확히 3년이네."

내가 말했다.

"이제는 도망가게 안 놔둘 거야."

나는 시간을 멈췄다. 지훈이 형이 생각했다.

'아니? 어떻게 시간을 멈춘 거지? 능력 폭주는 분명 욕망과 현실부정이 있어야 하는데?'

내가 말했다.

"너 현실부정과 욕망이 있어야 능력 폭주가 가능하다고 했지? 그건 틀렸어, 능력 폭주의 조건은 간절함이야. 그리고 난 너를 지금 간절하게 죽이고 싶어."

내가 생각했다.

'정후와 도영이는 기절해 있고 그럼 나 혼자서 둘을 팰 수 있겠네. 일단 밧줄로 다시 묶고.... 저 쓰레기를 패볼까?'

나는 지훈 선배를 때렸다..계속...계속...계속해서 하지만 통쾌하지 않았다. 내가 믿었던 형을 죽인 원수 놈을 계속 때렸지만 오히려 눈물이 났다. 그리고 말했다.

"...능력이 그렇게 중요해? 굳이 우리 형까지 죽여야 했어?? 왜...왜....왜!!!"

나는 말없이 둘을 묶었다. 나는 내가 도영이와 정후의 시간을 되돌려 치료했고 뒤를 부탁한다는 메모를 남기고 기절했다.

-3달 후

"휴....이번 의뢰는 조금 쉬웠네... 아, 안녕! 그 뒤로 어떻게 됐냐고? 뭐 그 뒤로 지훈이 형은 잡혀가고 도영이랑 정후 비밀은 나만 알려고, 자기 가족이 죽었으면 슬플 거니까 묻어가려고. 나는 다음 의뢰 받으러 이만!"

나는 곧장 우리 사무실로 달려갔다. 바로 우리가 만든 사무실 정말 유령들은 위한 회사로. 곧장 회사로 달려가자 익숙한 얼굴의 의뢰인이 보였다. 그리고 나는 울음 터트렸다.

"준우 형!!"

작가의 말

이 '초단편소설쓰기'반에 들어온 이유는 원래도 글을 쓰는 것에 대하여 관심이 있었고 친구와 함께 할 수 있는 주제선택반이여서였습니다.

'유령능력자'라는 아이디어는 제가 '성장형 주인공'과 '초능력자물' 애니메이션 소재를 좋아해서 이걸 합치면 어떤 이야기가 될 수 있을지 생각하다가 나왔습니다. 소설을 쓰면서 주인공에 몰입하게 되어 '양동근'이라는 캐릭터의 삶을 살아본 것만 같은 색다른 경험이 되었습니다.

소설을 다 쓰고 나니 기분이 너무 좋았습니다. 물론 아쉬운 점도 있었습니다. 시간이 없어 주인공 동근이의 성장을 두 문장으로 압축해 버렸던 점, 과거를 풀어내기 위해 '남지훈'이란 캐릭터를 너무 약하게 만들고 동근이를 너무 사기캐로 만들어서 밸런스도 맞지 않는 것 같다는 점, 나름 '초능력자물'인데도 싸움 신(scene)이 부족하다는 점 등등. 너무 아쉽습니다.

전체적으로 좀 어색한 부분도 느껴지시겠지만 모른 척 살짝 넘어가주셨으면 좋겠습니다.

제 소설을 읽는 시간이 즐거우셨기를 바랍니다. 감사합니다.

*** 이 글은 주인공인 중학생 아은이가 민재라는 아이와 만나 겪는 일상과 고민에 대한 이야기이다.

인에이블러

정하연

3월 2일, 오늘은 개학을 하는 날이다.

"벌써 일곱 시네."

학교와는 약 20분 거리인 곳에 살고 있었기에 등교 시간의 삼십 분 전인 여덟 시에는 출발해야 늦지 않고 여유롭게 도착할 수 있다. 억지로 몸을 일으켜서 화장실로 향했다. 거울을 보니 머리카락이 개털이다. 수도꼭지에서 물을 틀고, 칫솔에 치약을 묻혀 양치질했다. 머리도 감을까, 싶었지만 머리를 말리는 시간이 오래 걸릴 것 같아 포기했다.

이번 학년에는 누구와 같은 반이 될까, 안 좋은 아이들이 꼬이지는 않을까 같은 잡다한 생각을 하다 보니 양치질을 다 하고 난 뒤였다. 세수를 하고 물로 비누 거품을 씻어낸 후 얼굴과 손의 물기를 수건으로 닦고 거울을 보며 빗으로 개털인 머리카락을 빗고서 화장실 불을 끈 후 화장실을 나왔다.

"지금 몇 시지."

거실의 시계는 어느새 일곱 시 오십 분을 가리키고 있었다. 곧 있으면 나가야 하기에 얼른 가방을 쌌다. 혹시 모르니까, 라며 가방에 이것저것 넣다 보니 가방이 꽉 찼다. 사물함에 넣어놓으면 다 언젠간 쓰겠지, 없는 것 보단 나으니까. 마지막으로 물을 채운 물통을 가방에 넣고 신발을 신었다. 학생 부장 선생님께 새 학기부터 찍히면 곤란해질 것 같으니, 실내화 주머니도 잊지 않고 챙기고.

새학기엔 일찍 가는 게 좋을 것 같았기에 발걸음을 재촉했다.

아무리 학교를 2년 간 다녔다고 하더라도 새로운 사람들 투성이니 누구에게든 첫인상을 잘 잡아놓아야 한다.

블루투스 연결을 한 무선 이어폰을 한쪽 귀에만 꽂고, 휴대폰에서 노래를 틀었다. 무선 이어폰에서 들리는 노래와 함께 걷다 보니 학교 앞이었다. 신입생들도 몇 명 보이고, 익숙한 얼굴도 꽤 보인다. 수많은 사람 사이를 비집고 들어가 실내화로 갈아신고, 학교 안으로 발걸음을 옮겼다.

"왜 하필 4층이지. 진짜 싫어…."

학교 계단을 지그시 바라보았다. 왜 하필 4층일까. 학교가 3학년을 싫어하는 걸까? 잡생각을 없애려 노력하며 계단을 올랐다. 평소 운동이랑은 거리를 두며 살아왔기에 숨이 차는 건 금방이었다. 전교 회장은 대체 에스컬레이터를 만들지 않고 뭘 하는 걸까, 라는 말을 했다는 글을 '왕선중학교 대신 전해드립니다' 에서 본 것 같은데, 조금 이해가 간다.

'8반…'

아, 아뿔싸. 8반은 후관인데 전관으로 와버렸다. 한숨을 한 번 푹 내쉬며 다시 후관으로 향했다. 학교니까 이어폰은 빼야겠지. 이어폰을 빼고는 주머니에 넣었다. 멍 때리며 걷다가 뒤에서 달려오는 누군가와 부딪혀 중심을 잃고 넘어질 뻔했다. 고개를 돌려 상대가 넘어지진 않았는지 쳐다보았다. 상대도 당황했는지 나를 보고 있었다. 나는 그의 명찰에 시선이 갔다. 이름 되게 흔하다. 여기도 민재, 저기도 민재. 작년에는 박민재랑 같은 반이었는데.

"저기! 다친 곳은 없어? 미안해, 곧 지각할 것 같아서! 지금 삼십 분 다 돼가거든. 이름이, 아은? 정말로 미안해, 아은아. 지각은 싫어서. 먼저 갈게!"

그는 말을 마치자마자 다시 뛰어갔다. 되게 급한 아이구나. 나도 서둘러야겠다. 사과도 받았고. 다시 3학년 8반으로 걸음을 옮겼다. 설마 이번 학년에도 민재라는 이름과 엮이진 않겠지. 라고 생각했었는데. 교실에 들어오자마자 조금 어이없었다. 쟤가 왜 여기 있어? 못 본 척 하고 휴대폰을 내고 책상에 붙어 있는 이름표를 보고 제 자리를 찾아 가방을 걸고 앉았다. 그리고는 필통을 꺼내 책상에 올려두었다.

"어, 아은아! 너도 이 반이구나. 미안해, 급하게 가느라 앞을 제대로 못 봤었어. 다친 곳은 없는 거지?"

"아, 응. 다친 곳은 없으니까 걱정하지 마. 너도 다친 곳은 없어?"

"응, 다행이다. 나도 안 다쳤어. 진짜 미안해! 내가 너무 주변을 안 보고 다녔네."

"그래. 곧 선생님께서 오실 테니 자리에 앉을래?"

"응! 쉬는 시간에 올게."

아니야 오지 마. 라는 말을 하면 상처 받을까 봐 속에만 담아두었다. 민재가 자리로 돌아가고 얼마 안 있어서 선생님께서 들어오셨다. 선생님께서는 간단한 자기소개와 함께 안내사항 몇 가지를 알려주셨다. 1인 1역 같은 거. 종이 치자 선생님께서는 나가셨고, 아이들이 모두 수업을 준비하고 속닥거리며 서로 수다를 떨었다.

1교시는 수학이다. 1교시부터 수학이라니. 수학 선생님께서 들어오시고 첫 수업이기에 간단한 자기소개 후 실력을 테스트하려는 용도의 시험지를 나누어 주셨다. 무슨 첫날부터 시험이야. 시험지를 받고 쉽게 문제를 푼 후 책상에 엎드렸다. 엎드리고 얼마나 지났을까, 선생님께서 뒤에서 걷어오라 하셨다. 뒤에서 시험지를 거두는 아이에게 시험지를 건넸다. 선생님께서는 이제 자유시간을 준다며 할 것을 하라고 하시고 채점을 하셨다. 쉬는 시간처럼 다들 친한 친구와 수다를 떨고 있을 때 나는 혼자 엎드려 있었다.

"야, 아은아! 자?"

"아니, 그냥 엎드려 있을래…."

"너 친한 애 없구나. 나도 그런데!"

"그렇구나…."

"나랑 친해지자!"

"……."

그때는 귀찮다는 듯 대답 없이 무시했다. 그렇게 시작됐던가. 그 아이와 나의 첫 만남이.

"아은아!"

"응, 민재야."

"오늘 학교 끝나고 또 학원 가? 같이 가자."

"그래. 학원 끝나고 코노나 갈까?"

"완전 콜!"

1학기가 시작되고 약 한 달 후. 민재가 꾸준히 말을 걸어 준 덕에 우리는 친하다고 할 수 있을 정도로 가까워졌다. 그것도 엄청 빠르게. 당연하다는 듯이 학원을 같이 가고, 학원이 끝나면 카페에 가서 공부를 하다가 수다를 떨고. 같이 노래방도 가고. 민재가 남자아이라는 것과 나이를 감안하면 단기간 안에 엄청 친해진 거다.

4월 6일. 곧 중간고사다.

"김민재. 그거 앎? 곧 중간고사다. 공부는 했어?"

"헐, 진짜? 나 공부 하나도 안 했는데. 망했다."

"한 달 조금 안 남았다. 내일부터는 코노 말고 카페 가서 공부나 하자."

"그래야겠다. 나 안 그러면 엄마가 학원 늘린다고 했는데. 진짜 망했어!"

쉬는 시간에도 수다를 떨었다. 인스타그램의 '왕선중학교 대신 전해드립니다'에도 나랑 민재가 연애를 하냐는 질문이 올라왔었는데, 그럴 만 하네. 이렇게 자주 붙어다니니까. 스포츠도 민재랑 같고, 동아리도 민재랑 같다. 그러니 의심을 받을 수 밖에. 하지만 민재는 이해가 안 가는 것 같다는 듯 행동한다. 얘, 나한테 마음 없겠지.

"야, 종 치겠다. 얼른 자리 가."

"그래, 다음 교시 뭐냐?"

"수학이다."

"수학이야? 완전 좋은데."

"뭐, 수학도 싫진 않다만 나는 미술이 조금 더 좋은 듯."

"이열, 모범생이 미술?"

"너는 수학 말고는 성적 파탄났으면서."

"쉿!"

민재가 곁에 있을 때면 민재의 밝은 에너지 덕에 심리적으로는 꽤 괜찮았다. 다만, 내가 공부를 점점 못하게 된다는 게 느껴진다. 알면서도 민재와 멀어지려하지 않는 걸 보니, 나도 참 바보 같다.

"다음 수업 뭐냐?"

"김민재, 시간표를 좀 봐라. 으음, 다음 수업 역사네."

"역사 완전 싫어. 역사를 왜 해?"

"외우는 거 진짜 싫다."

"역사 쌤도 별로임."

"나는 역사 선생님 괜찮던데."

"엥, 그래? 나는 별로임. 뭔가 좀 그래."

"왜?"

"뭔가 꼰대 같잖아. 그리고 수업이 너무 지루해. 역사라는 과목도 좋아하진 않고."

"꼰대는 아니라고 생각하는데. 지루하다기보단 피곤한 쪽 아닌가."

"아, 그거다. 피곤한 거! 목소리 톤 일정해서 너무 피곤해."

"물론 나는 별로 안 피곤해."

"역시 범생이인 거야."

수다를 떨다가 종이 쳤다. 역사 선생님은 늦게 들어오시기에 조금 더 수다를 떨려고 했는데 타이밍 좋게 역사 선생님이 들어오셔서 수업을 했다. 조금만 더 늦게 들어오시지, 왜 이리 일찍 들어오신 거야. 민재랑 서로 눈을 마주치며 실실거리다가 역사 선생님께 꾸중을 듣고는 수업에 집중한다.

"야, 거기 김민재! 일어나서 스탠딩 책상 가서 수업 해."

"아, 죄송합니다."

민재는 자다가 걸렸는지 선생님께 혼이 났다. 수업 시작한 지 얼마나 됐다고 자네. 민재는 이미지처럼 수업에 집중을 안 한다. 역사 선생님도 그걸 아시기에 민재를 조금 더 유심히 관찰하신다. 수학 시간에는 집중을 잘만 하면서. 다른 시간만 되면 저런다. 물론 나도 수학 시간에는 집중을 안 하고 딴짓을 하고, 요즘에는 거의 모든 시간에 집중을 못 하긴 하지만, 김민재는 수학 시간에만 눈이 초롱초롱하니까.

어쨌든, 내가 싫어하는 수학보다 더 이해가 가지 않는 건 김민재다. 쟤는, 좋아하는 것처럼 나한테 친절하게 대해주면서 장난도 조금 치는데 좋아하면 좋아한다 말을 하지 늘 연애 관련해서는 말이 없다. 그런 행동이 나를 좋아하는 거야 그냥 친구로 보는 거야, 라는 생각이 들게 만든다. 짜증나게.

잡생각을 하다가 수업이 끝났다. 아, 또 집중 못 했어. 쉬는 시간이 되자 또 민재랑 수다를 떤다. 이러다가 학교를 마친다. 학교가 마치자 민재랑 같이 학원에 간다. 수학 학원에 가면 숙제 검사를 하고, 수업을 한다. 학교 수업처럼. 한 시간 수업 후에 쉬었다가, 한 시간동안 문제집 문제를 푼다. 덜 풀면 숙제다. 학원에서 끝내고 싶지만 민재랑 이야기를 하다보면 집에서 할 수 밖에 없다. 학원을 마치면 민재랑 코인 노래방에 들러, 한 시간정도 놀다가 여덟 시 즈음이 되면 서로 집에 간다.

"야, 데려다 줄까?"

"필요 없다. 혼자 가도 돼. 안 무서워."

"여자 혼자는 위험하잖아."

"여자 혼자 너 때려 팰 수도 있어."

"그래, 혼자 갈게. 내일 봐."

"응, 내일 보자."

민재랑 헤어지고 조금은 아쉬운 마음이 남았다. 조금 더 놀고 싶은데. 민재랑 더 가까워지고 싶은데. 집에 가면서 별의 별 생각을 다 한다. 그러다가 깨달았다. 아, 나 민재 좋아하는구나.

늘 같은 일상을 보내다가 중간고사가 끝나고 민재랑 또 놀러 갔다. 이번엔 동성로에 갔는데, 시험이 끝나서 그런지 사람이 많았다. 인파에 휩쓸려 길이라도 잃으면 안 된다며 민재가 손을 잡아주었다. 안 잡아도 된다고 했는데 결국에는 잡네. 싫지만은 않았다. 조금, 간질간질거린달까. 괜히 더 더워지는 기분도 들고. 뭣보다 이게 김민재의 호감 표현인지 모르겠다. 손을 잡는 건 처음이니까.

"사람 많다."

"그러게."

"시험 잘 쳤냐."

"모르겠다. 너는?"

"수학 빼면 나락이다."

"너는 수학 좋아하니까."

"오늘은 그냥 잊어, 유아은. 이번이 끝인 게 아니잖아."

"그래야 하는데, 마음에 걸린다. 매번 상위권이었는데."

"그래. 어디 갈까?"

"아트박스나 교보문고 가자."

"아트박스부터 가자."

갈 곳을 정하고는 그 곳으로 발걸음을 돌렸다. 나는 길치였기에 민재에게 의지하고 따라다닐 수 밖에 없었다. 길치라는 사실 탓에 민재에게 놀림도 받지만, 길치인 건 사실이기에 반박은 하지 못한다. 아트박스는 그리 멀지 않았기에 금방 도착했다. 봄이 끝나가고 여름이 다가오는 지금이 더운 탓인지, 서로 맞잡은 손 탓인지 괜히 더워져 땀이 나려 해 실내로 이동하고 싶어 민재의 손을 붙잡은 채로 민재를 이끌어 아트박스의 안으로 들어갔다. 실내의 에어컨 바람 덕분에 더위를 피할 수 있게 됐다. 땀이 나서 끈적해지는 건 싫으니까 실내로 들어온 건데, 민재의 이마에는 이미 땀이 송글송글 맺혀 있었다.

"너, 땀 난다."

"응, 조금 더워서."

"더위 많이 타는구나."

"아마도."

"아마도는 뭐야. 학용품이나 보러 갈까?"

"그래, 좋다. 샤프 보자. 나 샤프 새로 사야함."

"또 고장냈냐."

"응. 네 샤프가 아닌 것에 감사해라."

실내라서 길을 잃을 리는 없기에 손을 놓으려 했지만 어째서인지 민재가 내 손을 붙잡고 있었다. 그래서 어쩔 수 없이 잡은 채로 같이 학용품이 있는 곳으로 갔다. 그중에서도 샤프.

"이거 어때."

"민재야, 호구 잡힌다. 그거 다이소에서 1500원이야."

"그럴 거면 왜 아트박스를 왔어."

"샤프 추천해 주려고. 이게 좋아."

"오, 땡큐."

민재와 놀다보니 문득 생각이 들었다. 이렇게 놀다가 기말고사에도 성적이 낮아지면 어쩌지, 이런 하루도 없어지려나. 부모님이 또 학원을 늘리면 볼 시간도 줄어들 텐데. 민재와 놀면서도 잠깐든 생각 탓에 온갖 걱정을 다 하곤 했다. 그 탓인지 민재와 어떻게 놀았는지 기억이 잘 나지 않는다. 그저 정신을 차리니 집이었다. 정신을 차리고 쉴 새 없이 학원 숙제를 하고, 씻고 침대에 누워 휴대폰을 만지작거렸다. 확인하지 못했던 카카오톡 알림을 확인했다. 상단에 뜨는 건 민재의 집엔 잘 들어갔냐는 톡이었다. 이런 걸 이제야 보다니. 급하게 대충 답장을 써서 보냈다. 민재는 자려나. 혹시나 카톡이 올까, 싶어 한참을 휴대폰 화면만 들여다 보다가 휴대폰을 베개 옆에 두고 눈을 감았다.

그로부터 얼마나 지났을까. 기말고사가 코앞이다. 기말고사 일주일 전, 꽤 위험한데. 또 공부를 안 했다. 어쨌든간에 날이 밝았기에 학교에 가야했다. 익숙해진 등굣길을 걸어 학교로 향한다.

언제나처럼 교실에 들어가면 민재가 말을 걸어오려나. 민재의 생각이나 하며 교실에 들어가서, 휴대폰을 내고 자리에 앉는다. 이상하다. 오늘따라 민재가 말이 없다. 제 왼쪽 대각선 앞 자리에 앉았기에 늘 몸을 뒤로 돌려 제게 말을 걸어오던 그 김민재가, 왠지 모르지만 말이 없다. 왜? 내가 뭐 잘못했나? 조금씩 불안해져 갔다. 민재는 피곤해도 늘 먼저 말을 걸어줬었는데. 어디 아픈가? 속앓이만 잔뜩 해대다가 선생님께서 들어오셨다. 결국, 이 날은 기말고사가 코앞인데도 불구하고 수업에 집중을 전혀 하지 못했다. 학원에서도, 집에 돌아가서도 민재의 생각밖에 나지 않았다. 기말고사를 치는 당일까지 민재는 나에게 관심 없는 듯이 대했다. '왕선중학교 대신 전해드립니다'에도 나랑 민재가 싸웠냐는 말이 나올 정도로. 기말고사를 끝낸 날에는 미술 학원도 빠지고 집에 들어가서 울었다. 성적이 낮아졌다는 걸 알기에, 그럼에도 민재 생각이 머릿속에서 떠나가지 않기에. 나 자신이 이해가 가지 않았고, 김민재도 이해가 가지 않았다. 주말 동안 집에서 그림을 그리면서 시간을 보냈다. 그림을 그릴 때에는 잡생각이 줄어들고 괜히 기분이 좋아진다.

학교에서는 민재가 여전히 말을 걸지 않았기에 쉬는시간에는 혼자 그림을 그리곤 했다. 가끔 김민재의 시선이 느껴졌지만, 먼저 나를 무시한 건 김민재니까. 괜히 자존심을 세워 나도 김민재를 무시했다. 점심시간에는 도서관에서 혼자 책을 읽곤 했다. 학원에서도 묵묵히 문제를 풀며 혼자서 생각하고, 모를 때에는 차라리 선생님을 불렀다. 그러다보니 방학이 시작되었다. 방학이 시작되고선 미술을 더 열심히 하기 위해 부모님께 미술을 진로로 잡고 싶다며 잘 설득시켜 수학 학원을 끊었다. 그리고 내 진로인 미술에만 집중했다. 그럼에도 민재 생각이 가끔씩 나기는 했다. 하도 붙어 다녔으니까. 민재가 밉기도 했다. 그래도 원망은 하지 않았다. 분명 내 잘못이겠지.

　방학이 끝나고 개학을 했다. 고등학교는 인문계를 다니기로 마음을 먹어 내 나름대로 열심히 했다. 늘 내 옆에서 재잘대던 민재가 조용하니 왠지 공부가 더 잘 되는 느낌이다.

　"야, 김민재랑 유아은 헤어짐?"

　"몰라, 쟤네 요즘 겁나 싸늘함."

　"레전드네, 공식 커플 하나 나락 갔노~"

　"아 개웃김… 겁나 불쌍해~"

　또 시작이네. 2학기 들어서도 나와 민재가 아무 말 없이 있자 반 아이들은 들으라는 듯 저런 이야기를 시도때도 없이 하곤 한다.

　"야, 너네 작작 해라. 나랑 아은이랑 뭘 하던 너네가 뭔 상관인데."

　"김민재 왜 갑자기 지 혼자 급발진함? 존나 어이없어."

　"어쩌라고. 꼽냐?"

　"왜 갑자기 시비야 김민재, 하남자 특 아님? 지 얘기하면 존나 지랄하는 거."

"아 찐이네, 진짜 존나 웃김."

"알지도 못하면 좀 닥쳐."

솔직히, 갑자기 김민재가 저렇게 말 하는 건 당황스럽다. 저렇게 진지했던 애는 아니었을 텐데. 저런 김민재가 조금 어색하달까. 왜 굳이 저러는 건지 이해가 안 되기도 하고. 물론 그냥 무시했지만 말이다. 나는 그 날을 후회하게 될 줄은 몰랐다. 학창 시절, 그게 민재와의 마지막이었다.

시간이 흘러, 우리는 성인이 되었다.

"아은아, 있지, 할 말이 있는데."

"뭔데?"

"너를 좋아해."

이 뒤로 여러 말이 이어졌다. 중학교 때 나를 피한 이유가 괜히 방해만 되는 것 같아서, 도움이 되지 못하는 것 같아서, 였다던가. 마음을 숨긴 이유는 부끄럽기도 했고, 피한 이유랑 비슷하다. 같은 거.

"바보야, 왜 말을 안 했어."

"미안, 근데 정말로 너한테 도움이 못 되어주는 것 같았어."

"네가 나를 피한 게 더 방해거든."

그 후로 나와 민재는 연애를 시작했다. 가끔은 바보 같은 김민재가 정말로 미웠지만, 그조차 사랑스러웠다. 중학생 때부터 짝사랑을 했으면 진즉에 말을 하지. 아, 아니다. 그게 과연 맞을까?

내가 중학생일 적, 썸을 탔을 때를 생각하면 연애하는 학생들에게 연애는 커서 하는 게 맞는 것 같다, 라고 말해주고 싶다. 물론 지금은 민재와 잘 만나고 있지만, 내게 그 시기는 너무 힘들었다. 성적도 낮아졌고, 여러모로 힘들기도 했고. 그리고 그 연애가 깨지면 주변 아이들의 수군거림을 견디기 힘드니까.

'인에이블러 - 상대를 도와준다고 생각하지만, 실은 망치고 있는 사람.'

작가의 말

　나는 평소 관심 있던 소설 쓰기에 대하여 조금 더 깊게 파고들어 보고 싶었고, 스토리텔링 능력도 기르고 싶어서 주제선택으로 '초단편소설쓰기'반을 선택하게 되었다.

　'인에이블러'라는 소설을 처음 쓸 때는 생각나는 걸 모두 적었기 때문에 쓸데없는 문장이 매우 많다는 피드백을 받았다. 퇴고하는 것을 여러 번 반복해 힘들고 지루하기도 했지만 소설을 쓰는 일은 '재미있다', '즐겁다'라는 감정이 훨씬 더 컸기 때문에 이리 소설을 끝맺음지을 수 있었던 것 같다.

　소설을 다 쓴 지금은 '뿌듯하다'는 감정보단 '갈아엎고 싶다!'라는 생각이 더 크다. 처음 쓴 소설이니 그럴 수도 있다고 생각하지만 역시 마음에 안 든다. 하지만 마지막으로 퇴고하여 조금이라도 덜 마음에 안 들도록 만들 것이다.

　내가 쓴 소설이 책이 되어 출판된다니 떨리기도 하지만 많이 창피하다. 이 소설은 앞으로 절대 잊지 못할 흑역사가 될 것이다. 그런 흑역사가 책으로 남는다니… 정말 괜찮을까 싶다.

그렇지만 앞으로도 나는 소설을 계속 써보고 싶다. 귀차니즘이 심한 나지만 그래도 중학교 1학년의 내가 쓴 소설보다 더 괜찮은 소설을 쓰고 싶다. 초고를 쓰고 퇴고를 반복하는 일, 그 과정을 또 할 수 있을 것 같다. 절대 미루고만 있지는 않을 것이다. 시간이 남을 때마다 소재를 찾고, 구상하며 열심히 소설 쓰기에 대한 의지를 불태울 것이다.

내가 주제 선택을 하며 소설 쓰기가 얼마나 힘든 것인지, 소설을 쓸 때 단어 선택이 얼마나 중요한 것인지와 같은 것들을 많이 깨달았다. 그리고 '스토리텔링 능력을 기르자!'라는 목표도 달성했다.

나는 이번 주제 선택을 '초단편소설쓰기'반으로 한 것에 대해 후회하지 않는다. 역시 내 선택은 옳았다. 과거의 나 칭찬해.

초단편소설쓰기 반을 선택한 학생들, 그리고 선생님께 수고했다는 말을 전해주고 싶다.

이상, 후기를 들어주셔서 감사합니다.

*** 만약 내가 기억하지 못하는 사이 내 안의 다른 인격이 활동한다면? 그 상상력에서 출발한 이야기입니다.

저는 연쇄살인마입니다

허예지

SNS와 뉴스에 기사들이 엄청 뜨고 있다. 이 기사들은 새로 등장한 연쇄살인범 '싸이코'에 관한 내용이다. 이 '싸이코'는 사람들을 엄청 잔인한 방법으로 죽인다고 한다. 사지를 절단하고 목을 매달아 죽인다고 한다. 사람들은 이 '싸이코' 때문에 매일 두려움에 떤다고 한다.

매년 이런 사건들이 발생하고 있다. 이 사건들에는 규칙성이 있다. 2014년에는 8월 30일. 2015년에는 8월 31일. 이런 식으로 매년 하루씩 뒤쳐지고 있다. 오늘은 2016년 8월 31일. 내일 살인사건이 일어날 것이라고 우리나라는 꽤 떠들썩해졌다.

나는 회사원이다. 진짜 평범한 회사의 회사원. 월급은 안정적으로 나오는 이런 회사생활에 만족을 하면서 살고 있다. 가끔 상사들이 나를 못살게 굴 때가 있긴 한데 그래도 나를 사랑하는 사람을 위해서라면 이런 고통쯤은 견딜 수 있었다. 집에서 기다리고 있는 나의 아내, 아이들을 위해 일을 한다. 나는 이 집의 가장으로서 아이들과 아내를 먹여 살리는 것이 나의 인생 최대 목적이다.

9월 1일 아침이 되었다. 오늘은 사람들도 알고 있을 살인사건이 일어날 날의 아침이다. 나는 평소와 같이 회사에 갈 준비를 했다. 오늘은 일을 일찍 끝내려고 열심히 일했지만 운 나쁘게도 야근을 하게 되었다. 10시에 회사를 나와 서둘러 집으로 향했다. 집에 도착하니 곧바로 잠이 들었다.

다음날 아침이 되어 뉴스를 보니 살인사건이 일어났다는 보도가 떴다. 9월 1일 밤 10시경에 30대로 추정대는 남성이 사지가 찢기고 머리가 터져 죽었다는 내용. 입에 다이너마이트를 심어서 머리를 터트렸다는 화학연구자들의 추측이 잇따라 보도되었다. 이상하게도 전 사건과는 다른 살인 방식이었다. 전에는 피해자들의 목이 매달려 있었는데 이번 피해자는 머리가 다이너마이트에 의해 터져 있었다는 것이다. 나는 이번 살인자는 원래 계속 살인을 해오던 사람과 다른 사람이라고 생각하였다. 아니면 공범이 있다고 생각했다. 만약 내 추측이 맞아 공범이 있던 것이라면 빨리 살인범과 공범을 잡아야 하는 건데.. 쉽지 않을 것이다.

똑똑똑-

"누구세요?"

"안녕하세요. 혹시 여기가 김○○씨 집인가요."

"네.. 제가 김○○인데요.."

"전 이○○이라고 해요. 헐 미친.. 밤에 봤을 때는 어두워서 잘 안 보였었는데 이렇게 보니까 되게 잘 생기셨네요, '싸이코'씨. 아 맞다. 사적으로 만날 땐 이 별명으로 부르지 말라고 했지.."

순간 머리가 띵했다. 나는 사람을 죽여본 적도 없고 '싸이코'라는 별명은 그 극악무도한 연쇄살인범의 별명인데...

"예? '싸이코'요? 저는 '싸이코'가 아닌데요.."

"엥? 그럴 리가 없는데요? 당신이 저한테 '싸이코'라고 소개 해

놓고서 무슨 소리를 하시는 거에요."

"죄송한데 계속 그러시면 경찰에 신고할 거에요."

"아 씨발. 이 새끼가 갑자기 시치미 떼네."

갑자기 돌변한 남자의 태도에 온몸에 소름이 돋았다.

"저한테 왜 그러시는 거예요.. 저는 사람 죽여본 적이 없다니까요?"

"하.. 나중에 다시 찾아올 테니까 그때 얘기합시다. 진짜 이상한 새끼가 다 있네.."

"뭐야 저 새끼.."

그 남자가 가고 나서 생각이 많아졌다. 저 남자가 나를 찾아와 당연한 듯이 나를 '싸이코'라고 부르는지. 굳이 찾아와 거짓말을 할 이유는 없을 것 같은데 내가 '싸이코'일 리가 없지 않은가. 나는 분명히 평범한 사람인데. 그리고 나는 벌레도 못 죽이는 성격인데 사람을 죽일 수나 있냔 말이다.

그로부터 1년이란 시간이 흘렀다. 오늘은 2017년 9월 2일. 깜빡하고 있었지만 오늘은 살인사건이 일어나는 날이었다. 오늘도 야근을 했다. 퇴근을 하는 데 오늘은 다른 날과는 다르게 피곤하지 않았다. 정말 이상했다. 보통 야근을 하고 나면 피곤하기 마련인데. 9시 50분. 왜인지 모르게 집 가는 시간이 더 오래 느껴진다.

10시. 지하철을 기다리고 있었는데 나는 갑자기 지하철 역을 나왔다. 내 몸이 내 의지대로 움직이지 않았다. 언제 넣어둔지 모르는 검은색 후드 짚업을 가방에서 꺼내 입었다. 내 몸이 내 의지대로 움직이지 않으니 점점 무서워지기 시작했다! 나는 충격을 먹지 않을 수가 없었다. 왜냐하면 기억에 없는데 가방 속에는 흉기가 잔뜩 들어있었기 때문이다.

나는 흉기를 들고 어느 육교 밑으로 갔다. 근데 육교 밑에서 저번에 봤던 남자가 서 있었다. 그 남자는 나를 보더니 반가운 얼굴로 나에게 와,

"아 역시 내가 잘 찾아 간 게 맞았잖아요. '싸이코'씨?"

"..."

"에이 너무 무뚝뚝하게 굴지 마시고 오늘은 누구 죽일 거에요?"

"..."

"예예~ 사람 찾는 건 귀찮아질 것 같네요~ 아 그리고 저는 '픽스'라고 부르시면 돼요."

그 말을 끝으로 나와 그 남자는 사람을 찾아 돌아다니기 시작했다.

아아악!!!!!!!!

끔찍한 비명소리가 나의 고막을 타고 흘러 들어왔다. 정신을

차려보니 내가 들고 있는 흉기에서는 피가 뚝뚝 흐르고 있었고, 내 옆에 있던 '픽스'는 흥미로운 듯이 옆에서 쳐다보고 있었다. 정신이 혼미해졌다. 죽고 싶었다. 내가 이런 끔찍한 짓을 저지른다니. 다음 날이 되었다. 나는 어제 저지른 일 때문에 잠을 한숨도 못 잤고 그 일을 생생하게 기억하고 있었다.

피로 범벅이 된 채 죽어 있는 남자.

내 옆에서 죽은 남자를 보고 웃고 있는 '픽스'.

그리고 흉기로 피해자를 찌르고 있는 나, '싸이코'.

믿을 수도 믿고 싶지도 않은 일이었다. 꿈이라고 생각하고 싶을 정도로. 매일 아침마다 보는 뉴스도 더 이상은 보고 싶지 않았다. 본다면 어제 일이 보도되고 있겠지. 내가 점점 폐인이 되어가고 있다고 생각했는지 아내는 나를 걱정해주었다. 이런 나에게 걱정을 해주다니 정말 고맙고 미안했다. 남편이 살인자라는 걸 알면 힘들어 할 테니 아내를 볼 면목이 없었다. 고통스럽다. 이런 인생 끝내버리고 싶다고 생각했다. 하지만 내가 죽으면 아내와 아이들은 누가 키운단 말인가. 아내 혼자로는 버거울 것이다. 아이들을 위해서라면 어떻게든 살아야 하는데 내가 아무 일 없는 듯이 산다면 피해자들에게 너무 미안할 것이다. 피해자들의 한은 그 누구도 풀어주지 못할 테니.

내가 죽으면 내 몸속에 있는 살인자도 같이 죽어버리겠지? '픽스'를 먼저 죽인 다음에 나도 같이 죽어버릴까? 내가 죽어버리면 우리 가족들은 살인자의 가족이라고 욕을 먹겠지? 이런 생각 저런 생각 다 해봤다. 결국 내가 죽어야 이 사태는 끝이 나겠지. 결국 나는 자살을 결심했다. '픽스'를 먼저 죽인 다음에.

　나는 '픽스'를 불렀다. '픽스'는 내가 살인에 관한 얘기를 할 줄 알았나보다. 나에게 자신이 개발한 새로운 살해 방법을 신나서 얘기를 했지만 나는 그 때문에 더 화가 났다. 그래서 나는 '픽스'에게 난간 위에 올라가라고 말을 했다. '픽스'가 나를 너무 신뢰한 탓일까. 계획대로 '픽스'는 난간위에 올라갔다.

　"갑자기 난간 위엔 왜 올라고 하신 거에요?"

　"...죽어."

　"예?"

　나는 '픽스'를 밀쳤다.

　"야이 개새끼야!! 니가 이런다고 용서받을 수 있을 것 같아? 나 사실은 다 눈치채고 있었어!! 너의 그 좆같은 병!! 넌 평생 용서도 못 받을 거야!!!! 이 천벌받을 새ㄲ..!!!"

　'픽스'는 결국 온갖 욕짓거리를 하다 끝내 떨어져 죽어버렸다. 나는 '픽스'가 한 말에 공감을 하였다. 내가 지금까지 한 일들을 생각하면 나는 천벌을 받아도 싼 놈이라고 생각했으니까. 나는 '픽스'를 떨어뜨렸던 자리에 섰다. 모든 사람들에게 미안했다. 나의 가족, 피해자, 피해자의 가족들, 그리고 살아있는 모든 사람들. 이제 더는 살 자격이 없다며 하느님에게 용서를 빌고 싶었다. 사람들에게도 용서를 빌고 싶었다. 하지만 그럴 용기도 없고 자격도 없었다. 인생을 너무 허무하게 산것 같았다. 떨어지면서 '이제 용서 받을 수 있겠지..?'하는 생각을 했다. 아니, 이 정도 가지곤 용서받을 수 없을 것이다.

2017년 10월 4일, XX건물 옥상에서 두 남성이 자살한 것으로 추정되는 사체가 발견 되었습니다. DNA검사 결과 사망자는 김 모씨와 이 모씨로 밝혀져 많은 사람들이 충격에 빠졌습니다. 사망자 김 모씨는 XX회사의 직원이었고 이 모씨는 10대였던 것으로 밝혀져..

사랑하는 가족과 미안한 사람들에게

이 편지를 읽고 있다면 난 아마 지금쯤 죽어있겠지? 나 많은 생각했어. 이렇게 죽으면 내 가족들은 어떻게 될까, 피해자들 가족은 어떻게 될까. 얼마 전에 알았는데 내가 살인사건 범인이더라. 진짜 말도 안 되지. 가족들한테 말은 못했지만 내 안에 다른 인격을 가지고 있었어. 어릴 때 가끔 나는 기억에도 없는데 깨어 있던 적이 있었어. 별로 대수롭지 않게 여기고 있었는데 이게 이렇게 심각해질 줄 몰랐네.. 일찍이 치료를 받았다면 이런 일이 없었을까. 우리 가족들 못 지켜줘서 미안해. 많이 사랑하고 보고 싶다. 그리고 피해자의 가족들께 진심으로 사과드리고 싶습니다. 이 책임은 모두 저에게 있습니다. 저를 원망하셔도 좋습니다. 이렇게 떠나버리는 건 정말 책임감 없는 선택이라고 생각하셔도 좋습니다. 그래도 너무너무 괴로웠습니다. 내 손으로 저 많은 피해자들을 죽였다니. 그래서 살고 싶다는 생각이 들지 않았습니다. 정말 죄송하다는 말씀드리고 싶습니다.

그로부터 많은 시간이 지났다.

"다음 주에 개봉되는 영화 한편이 아주 화제가 되고 있는데
요. 바로 그 영화는 10년 전의 연쇄살인사건을 기반으로 한 영화
인………."

작가의 말

평소에 소설 읽는 것을 좋아했는데 그 중에서 미스터리/추리 소설을 좋아해서 이번 기회에 한번 내가 직접 글로 써보고 싶었다. 평소에 글을 써보려고 몇 번 시도한 적이 있는데 이번 기회에 제대로 한 번 써보고 싶어서 주제선택으로 '초단편소설쓰기'반을 선택하게 되었다.

소설을 기획하고 쓰는 과정은 참 즐거웠다. 물론 내용을 쓰다가 막힐 때면 화가 났다. 하지만 반대로 내용이 잘 써지면 통쾌한 느낌이 들었다.

초고를 쓰고, 퇴고도 하면서 '언제 끝나지?' 싶었는데 완성을 하고 나니 '이걸 내가 썼다니…' 하면서 감탄했다. 그런 나의 소설이 포함되어 책이 출판된다고 하니 내가 진짜 소설가가 된 것 같은 느낌이 들어 새롭고 즐거웠다.

앞으로도 나 혼자서 글을 써볼 것이고 소설을 쓰면서 내 많은 상상력을 표현할 것이다.

*** 평범한 일상에 지루함을 느낀 주인공 유빈이와 유빈이의
친구 지아가 함께 이벤트를 하는 수상한 펜션을 놀러가 겪게 되
는 미스터리한 내용을 담고 있습니다.

제주도 한 펜션의 비밀

김가은

내 이름은 신유빈. 평범한 직장인이다. 늘 그렇듯 매일 똑같은 패턴의 일상에 점점 흥미를 잃고 힘이 빠져가던 어느 날 오랜만에 지아와 만나 놀고 있는데 지아가 제주도에 한 펜션 홍보 사진을 보여주며 말했다.

"야야, 유빈아. 이거봐봐."

"왜 뭔데?"

"여기 일주일동안 숙박 공짜래!"

지아가 보여준 펜션은 사진으로만 봐도 고급진 호텔 같은 느낌이었다.

"여기 펜션 맞아..? 완전 고급진데?"

"내말이! 게다가 평점도 좋고 1주일동안 무료 숙박 가능하다잖아~ 어때? 같이 갈래?"

지아의 말에 조금 고민이 되었지만 매일 같은 패턴의 일상과 끊임없는 부장의 잔소리를 듣고 있을 바엔 도전 정신으로 한번 해보자는 생각이 들었다.

'으.. 그래 부장놈의 잔소리 들을 바엔 일주일 휴가 내고 놀다 오지 뭐.'

"좋아 가자 예약 언제까진데?"

"으음.. 예약은 따로 없고 전화로 말하면 되는 거 같은데?"

그 말에 나는 홍보 사진에 적힌 전화번호로 전화를 걸었다.

"여보세요."

굵고 낮은 목소리의 남자가 전화를 받았다.

"아 저.. 펜션 1주일 숙박 보고 전화드렸는데요."

"아, 네. 그럼 이름이랑 전화번호 알려주시면 방 잡아두겠습니다."

"이름은 신유빈이고 전화번호는 010-1234-****"

"네. 그럼 방 잡아두겠습니다."

"아 저 제 친구도 같이 가는데 방 2개로 준비해 주시거나 큰 방으로 준비해 주실 수 있으신가요?"

"네. 일행 분은 한 분인가요?"

"네네."

"네. 알겠습니다. 자세한 사항은 메시지로 안내해 드리겠습니다."

"네. 알겠습니다."

내 대답이 끝나기 무섭게 전화가 끊겼다.

"뭐야.. 완전 귀신 같이 바로 끊네..;"

그때 내 휴대폰에 알람음이 울렸다.

'띵~'

'XX펜션 신유빈님 예약 되었습니다.

방 403호. 체크인 기간: 9월 10일 오전 8시.'

"뭐야. 2일밖에 안 남았잖아..?"

"엥 진짜? 헐 그럼 우리 빨리 비행기 잡아야 해."

그렇게 지아와 아슬아슬하게 비행기를 잡고 짐도 챙기고 다음 날 공항에 도착했다.

"와 진짜 부장놈 한번 설득하기 개 힘드네."

"뭐라 하고 옴?"

"가족들이랑 해외에 놀러 가서 1주일 휴가 낸다고 했더니 일이 나 그렇게 하지 놀 시간이 남아도냐면서 잔소리 겁나 와.... 진짜 으.."

"으... 겁나 싫다."

지아와 부장 뒷담화를 하며 비행기에 올랐다.

비행기에 오르니 잠이 미친듯이 쏟아지기 시작했다.

'아 피곤해 한숨 자야겠다..'

그렇게 깊은 잠에 들려는 그 순간

-승객분들께 알립니다. 저희 **항공은 곧 제주도로 착륙합니 다 승객분들께서는...

제주도에 도착했다는 승무원의 안내방송이 들렸고 이제 1주일 동안은 자유일거라는 생각에 너무 기뻤다.

비행기에서 내려 펜션에서 잡아준 택시를 타고 펜션으로 향했다. 펜션은 인적이 드문 산속 깊숙한 어느 높은 언덕 위에 위치해 있었다.

그렇게 우리는 펜션에 도착하고 짐을 내려 펜션 안으로 들어갔다.

"안녕하세요.. 전화로 예약했던 신유빈인데요."

"아, 네. 어서오세요. 방 키는 여기 있고 방은 403호로 가시면 됩니다."

"네... 수고하세요."

그렇게 지아와 나는 직원의 말을 듣고 방 키를 받은 다음 4층으로 올라가기 위해 앨리베이터 앞에서 기다리고 있었다.

-ㅋㅋㅋㅋㅋㅋ

"?"

"왜 그래, 지아야?"

"방금 누구 웃는 소리 안 들렸어?"

"뭔소리야. 여기에 우리랑 저 직원 분밖에 없는데."

"아냐. 방금 분명 희미하게 웃음소리가...!!"

"너 자꾸 무섭게 할래? 직원분이 뭐 재밌는 거라도 보고 있으신가 보지."

"그.. 그런가..."

그렇게 지아의 말에 조금 안심하며 같이 방으로 향했다.

"으아 피곤하다."

지아와 나는 방에 들어서자마자 침대에 드러누웠다.

"우리 이렇게 잠깐 자고 일어날까?"

"그럴까?"

"그럼 그러자 ㅋㅋㅋㅋ"

우리 둘은 한 침대에 누워 이리저리 수다를 떨다 잠에 들었다.

한 여섯 시간 정도 잤나 잠에서 깨어보니 시계는 오후 세 시를 가리키고 있었다.

그렇게 나는 피곤해 깊게 잠들어 있는 지아를 뒤로 하고 대충 짐정리를 하곤 구경도 할 겸 문을 나서는 순간

"아 깜짝이야!"

아무 생각 없이 문을 벌컥 여니 나와 또래로 보이는 남자가 문 앞에 서있었다.

"누구세요..?"

"아, 안녕하세요. 저 402호에서 지내는 사람입니다."

"아 네.. 안녕하세요.. 근데 무슨 일로.."

"다름이 아니라 직원 분께서 곧 점심 먹을 시간이라 하셔서 다

섯 시까지 바베큐장으로 오시면 된다고 전해드리려고 왔어요."

"아하.. 감사합니다. 하마타면 늦을 뻔 했네요."

"아닙니다 ㅎㅎ 돕고 지내야죠. 그럼 점심때 봐요!"

그렇게 남자는 점심 때 보자는 인사를 건네곤 가버렸다.

나는 서둘러 지아를 깨우고선 밥 먹으러 갈 준비를 했다.

"야 근데 아까 누구 왔어? 대화소리 들리던데."

"아 옆방에 우리 또래로 보이는 남자 한분 더 왔어. 다섯 시까
지 점심 먹으로 바베큐 장으로 내려오면 된다고 전해주러 왔다더
라."

"옆방? 옆방에 사람이 있었나...? 아무튼 얼굴은 어때?

잘생겼어?"

"뭐... 그럭저럭?"

"오오~"

"오오는 무슨 ㅋㅋㅋㅋㅋㅋ"

지아와 나는 준비를 마치고 바베큐장으로 향했다.

"안녕하세요~"

바비큐장에는 생각보다 사람들이 많았다.

"안녕하세요. 또 보네요~ 아 옆에는 친구분??"

"네, 맞아요."

"안녕하세요. 유빈이 친구 한지아라고 합니다!"

"안녕하세요. 지아 씨~ 두 분 다 이름이 예쁘시네요."

"감사해요, 그리고 보니 이름을 안 물어봤네요. 혹시 이름이...?"

"저는 서현진이라고 합니다."

"현진, 멋진 이름이네요."

" 잘 부탁드려요, 현진 씨."

그렇게 현진 씨와 이야기 하며 밥을 먹고 있을 때 마지막으로 '조지연' 이라는 여성분이 한 분 더 오셨고 우린 10년지기 친구처럼 빠른 속도로 친해졌다.

우린 그렇게 밤 열두 시가 될 때까지 즐겁게 이야기하며 놀고, 서로 말도 놓는 사이가 되었다.

"그나저나 지연 언니랑 현진이는 술이 쎄네?"

"그런가? 나는 잘 모르겠는데 유빈이가 그렇다니 그런 거 같기도?"

"그런 걸 생각 안해봐서 잘 모르겠네."

"잉..유빈아. 나 세상이 흐릿ㅎㅐ.."

"미친. 야 얼마나 마신 거야; 미안해. 지아 방에만 데려다 주고 올게 !"

"응응 다녀와~"

그렇게 나는 지아를 방으로 데려다 주기 위해 지아를 부축해 방으로 데려갔다.

"어우 야 제발 누워봐;;"

"오ㅓ 세상이 빙글빙글해~!"

힘겹게 지아를 침대 위에 눕혀두고 한숨 돌린 뒤 방에서 나가

다시 바베큐장으로 향했다.

"미안해, 너무 늦었지? 지아 데려다주고 온다는 게 너무 오래 걸려버려ㅅ..."

하지만 무언가 이상했다.

내가 오는데 꽤나 시간이 걸렸다곤 하지만 내가 다시 바베큐장으로 향했을 땐 아무것도 안했다는 듯, 아무도 없었다는 듯 깨끗하고 물건 하나 없었다.

그때 직감적으로 지아가 있는 곳으로 가야한다고 느꼈고 나는 지아가 있는 쪽으로 뛰어갔다.

"지아야!!"

나는 방 문을 벌컥 열며 지아를 불렀다.

어라?

아까까지만 해도 여기에 있던 지아가 보이지 않았다.

나는 방을 샅샅이 뒤진 뒤 복도, 로비, 옥상, 마당 등 여러 곳을 돌아다니며 계속해서 지아를 찾았다. 그러다 실수로 발을 헛디뎌 처음 보는 한 구덩이에 빠지려던 그 순간

"헉!"

"ㅇ유빈아 괜찮아??"

이상했다 아까까지만 해도 보이지 않아 찾아다녔던 지아가 내 눈 앞에 있고 나는 식은땀을 흘리며 침대 위에 누워 있었다.

"이게.. 무슨 일이야?"

알고보니 지아와 함께 잔 뒤로 난 계속 일어나지 않았고, 바베큐를 먹은 것과 현진 씨, 지연 언니를 만났다는 것 전부가 내 꿈이었다는 것이다.

아까의 상황이 꿈이라고 생각하니 조금 안심이 되었다.

'하.. 다행이다. 꿈이였어..'

하지만 꿈속이라기엔 너무나도 생생했기에 혼란스럽고 머리가 복잡해졌다.

나는 로비로 달려가 직원에게 부탁한 뒤 입실자 명단을 찾아봤다. 하지만 지아의 말대로 현진이라는 사람과 지연이라는 사람은 없는 사람이었고 내가 당황하고 있을 때 우리를 처음에 안내해 준 그 굵고 낮은 목소리의 남자가 나에게 다가와 속삭였다.

"눈, 환상, 그리고 34시간 뒤 끝."

'뭐? 눈, 환상, 그리고 34시간 뒤 끝?'

남자는 그러고 웃으며 가버렸다.

"ㅁ..뭐야;"

나는 그 후에 방으로 들어와 많은 고민에 빠졌다.

"눈? 환상? 그리고 34시간 뒤에 끝? 뭔소리지 이게.."

"엥? 뭔데?"

내가 계속 고민에 빠져있었더니 지아도 많이 궁금했던 모양이었다.

'이걸 알려줘야 하나..'

"뭔데 뭔데??"

'에라이 모르겠다!'

나는 내가 꿨던 꿈과 그 남자의 말을 지아에게 알려주었다.

"헉 미친. 그거, 그거 아니야? 그그, 뭐지, 너가 본 사람들이 환상이고 그걸 본 게 네 눈이고..34시간은..? 잘 모르겠다.."

'..그렇구나 ! 그 남자는 내가 환상을 봤다는 걸 알고 있어.. 그렇다면 눈은 내가 본 내 눈이고 환상은 그 사람들이고.. 34시간은 무슨 뜻이지?'

그렇게 34시간에 대한 힌트는 전혀 얻지 못한 채 하루(24시간)이 지나갔다.

다음날도 어김없이 준비를 하고 지아와 이야기를 하며 알아보곤 있지만 전혀 감을 잡지 못했다. 그렇게 시간은 점점 흘러갔고, 10분조차 안 남았을 때 뭔가가 딱 떠올랐다.

"탈출?"

"뭐?"

"탈출 아니야? 솔직히 이 펜션 이상했잖아. 처음부터 분위기도 이상하고, 손님도 우리 외엔 없고 심지어 SNS에도 뜨는 것 하나 없었고."

"미친... 너 천재?"

'탈출이었던 거야. 그러니까 내가 본 환상은 옛날에 이 펜션에서 묵었던 사람들인가? 하지만 왜 환상으로, 꿈으로 나타난 거지?'

하지만 지금은 그런 것따위 하나하나 생각할 시간이 없다. 설령 탈출이 맞다 하면.

"가자, 지금."

"응? 어딜? 잠깐만, 유빈아. 어딜 가는데?"

"나가야 해 여기. 빨리!!"

앞으로 남은 시간은 2분. 계단으로 뛰어가면 아슬아슬하게 탈출할 수 있을지도 모른다.

하지만 탈출할 수 있을 거라고 믿어서일까?

그렇게 달려 입구에 다다른 그 순간

"ㅁ..뭐야!! 이거 왜 안 열려!!"

입구는 잠겨 있었다.

그때 알았다.

-아 시간 초과구나.

그 뒤로 우린 그들과 함께 환상 속의 인물이 되어 다신 집으로
돌아가지 못했다.

작가의 말

옛날에 글을 써서 어떤 앱에 올린 적이 있었습니다. 하나의 이야기를 창작하는 일에 예전부터 관심이 있었는데 마침 주제선택 중에 글쓰기 반이 있어서 다시 한 번 써보고 싶어서 들어오게 되었습니다.

오랜만에 쓰는 소설이라 아이디어를 생각해 내고 정리하는 게 쉽지 않았지만 그래도 나름 즐겁게 썼던 거 같습니다. 소설을 완성하고 나니 뿌듯하기도 하고 수업이 끝나서 시원섭섭하기도 했는데, 출판이 된다고 했을 때 예상하지 못했던 일이라 놀랐지만 그래도 뿌듯하고 너무 기뻤습니다.

앞으로도 더 많은 이야기를 쓰며 더 많은 경험을 쌓아가고 싶습니다.

*** 이 글은 과거에 발이 묶여 감정을 표현하지 않는 '한준열'과 부모와의 갈등이 심한 '박인우' 두 소년들의 성장 이야기이다. 둘은 서로를 만나며 차갑기만 했던 그들의 일상에 큰 변화가 생기며, 잊지 못할 추억을 선사한다.

행복은 반드시 찾아와

김가현

2042년 11월 15일

기자가 나에게 물었다.

"한준열씨, 따뜻한 마음씨로 사람들에게 많은 도움이 준 심리 상담가로 화제가 되고 있는데요. 준열 씨가 가장 잊지 못한 날은 언제였나요?"

나는 잠시 고민한 뒤 말했다.

"제가 잊지 못할 하루는 16살 이맘때 쯤이었던 것 같아요."

"잊지 못할 소중한 사람을 만난 날이거든요."

2022년 가을 선열중학교 운동장

"아 진짜 추운데 무슨 운동장에서 체육을 해..."

"아 그러니까 그냥 보건실가서 수업 쨀까? 하…"

투덜거리는 아이들의 소리가 들려오는 운동장에서 잠시 정적이 흐른 후, 몇몇 아이들이 소리를 질렀다.

'으아아악!'

운동장에는 죽은 새가 놓여져 있었다. 다들 그 새를 보며 경멸했다.

"아 저런 게 운동장에 있는데 수업을 어떻게 해...누가 좀 치워봐."

"야 저런 걸 누가 치울 수 있겠냐."

그때, 반아이들은 나를 쳐다 봤다.

"야, 한준열 너가 이것좀 묻고와."

나는 아무 감흥 없이 새를 들고 묻으러 갔다.

"야... 쟤는 저런 거 무섭지도 않나봐."

"그러니까.... 진짜 소문처럼 감정 없는 거 아니야?"

나는 뒷뜰에서 새를 묻은 후 멍하니 쳐다보았다. 그때, 우리 반 반장 박인우가 나타났다. 걔는 조용히 두 손 모아 새에게 기도했다. 나는 그 애가 이해가 가지 않았다. 잠시 후 박인우는 나를 보고 웃으며 인사했다.

"안녕 준열아!"

난 말했다.

"넌 내가 이상하지 않아? 죽은 새를보고도 동요조차 하지 않잖아."

박인우는 말했다.

"그게 왜? 내 눈에는 죽은 새를 묻어준 너가 가장 좋은 사람인 거 같은데."

그 날 이후, 박인우는 계속해서 나를 쫓아 다녔다.

"어 준열아, 너도 이 교재 푸네? 준열아 단거 좋아해? 준열아 어디가?"

하.... 얘는 대체 왜 이러는 걸까.

그날 밤, 나는 잠이 오지 않아 밖에 나갔다. 멍하니 걷고 있는 그때, 누군가 나에게 인사했다. 박인우였다.

"준열아 안녕? 여기서 다 만나네. 운명인가?"

나는 물었다.

"왜 자꾸 나 따라다녀?"

인우는 웃은 뒤 나를 붙잡고 어디론가 데려가며 말했다.

"준열아 내가 멋진 곳 데려가 줄게!"

몇 분 정도 산을 올라가니 한 벤치가 있었다.

"여기야."

"여기가 뭐가 멋있다는 거야? 벤치 밖에 없잖아."

"벤치에 한번 앉아봐."

나는 벤치에 앉은 뒤 하늘을 쳐다보았다. 나는 눈이 크게 떠졌다. 하늘에는 무수히 많은 별이 떠다니고 있었다.

"여기는 건물도 별로 없어서 별이 잘 보여. 어때, 멋있지?"

오랜만에 별과 함께 내 눈이 반짝거렸다. 잠깐이었지만 나는 가슴이 간질거렸다. 그 이후로 우리는 많은 곳을 함께 다녔다. 왠지 모르게 잠깐이지만 꽤 즐거웠다. 그 뒤로 잠이 안오면 그 벤치에 앉아 별을 보았다. 왠지 모르게 그곳에 가면 기분이 후련했다.

2주일 뒤, 인우가 학교에 나오지 않았다. 뭔일이라도 생겼나 생각하던 그때, 담임 선생님이 잠시 나를 부르셨다.

"준열아, 너가 우리반에서 인우랑 제일 친한거 같아서 그런데 이 통신문들 좀 인우한테 가져다 줄 수있어? 기말고사랑 관련된 내용이라 꼭 전해줘야 할 것 같아서."

나는 바로 승낙했다. 걔가 딱히 보고 싶지는 않았다. 단지 왜 학교에 안나왔는지 궁금해서라 생각하며 애써 부정했다. 인우 집 초인종을 눌렀지만 아무런 응답이 없었다. 나는 문 앞에 통신문을 놔두고 밖으로 나갔다.

"따르르르릉."

인우의 폰에 전화가 왔다.

"여보세요?"

전화를 건 사람은 인우의 어머니였다.

"야 박인우, 너가 드디어 미쳤구나. 학생이 학교를 안 가? 너가 일진이니? 엄마 얼굴 들기 쪽팔린다. 빨리 들어와."

'하........'

인우는 집에 들어왔다.

"다녀왔습니다."

인우의 말이 이어지기 전에 인우의 엄마는 인우의 뺨을 내리쳤다.

"이제 곧 있으면 시험인데 학교를 째?

너 이번에 성적 떨어지면 각오해."

"왜 전 맨날 학원이랑 학교만 가는 거에요? 저도 이제 지쳤어요."

"먹여주고 재워주는데 이 정도면 감지덕지. 얘가 자꾸 오냐오 냐하니까. 그럴 거면 그냥 이 집에서 나가!"

준열이는 집으로 가는 중 익숙한 뒷모습을 보았다.

인우였다. 그의 뺨은 새빨개져 있었다.

"뭐야, 누구한테 맞았어?"

갑자기 인우는 눈물을 흘렸다. 나는 그저 옆에서 눈물이 그칠 때까지 기다렸다. 인우는 붉어진 눈으로 애써 웃으며 말했다.

"사실 내가 부모님과 사이가 좋지 않아."

"우리 엄마는 날 그냥 꼭두각시처럼 여겨. 공부는 계속 강요해 서 스트레스 받아 미칠 것 같아."

"그래도 부모님 걱정하시잖아. 빨리 집에 들어가."

"집? 거긴 지옥이야. 들어가고 싶어야 집이지, 그게 집이야?"

나는 놀랐다. 항상 웃고만 있는 모범생인 줄만 알았는데, 인우 가 이렇게까지 화내는 모습은 처음 봤다. 나는 어떻게 하면 도움 이 될까 생각했다. 그리고 말했다.

"어렸을 때 집에서 화재가 났어. 늦은 밤이어서 모두가 잠들고 있을 때 불이 난 거야. 탄 냄새를 맡은 어머니는 서둘러 나와 아 버지를 깨웠어. 다행히 우리집이 낮아서 창문 밖으로 구조되고 있었지. 내가 어머니와 내려가던 그때, 폭발음이 들렸어. 내가 끈을 타고 내려갈때, 집 안이 폭발한 거야. 난 그때 아버지의 마지막 얼굴을 봤어."

"웃으면서 말하시더라.

빨리 가라고..."

"그 후로부터 맨날 그때 상황이 꿈에 그려져. 그래서 애써 감정을 숨긴거야."

"아… 그런 일이 있었구나."

"하지만 널 만나고 달라졌어. 요즘엔 조금씩 감정을 표현하는 것 같아. 고마워. 그러니 부모님 있을 때 한 번 네 의견을 말해봐."

인우는 고개를 푹 숙이며 생각했다. 그날 밤은 우리의 비밀이 깨진 날이었다. 인우는 웃으며 고맙다며 집으로 돌아갔다.

다음날, 학교에 가보니 인우가 있었다. 인우는 나를 보며 웃으며 인사해주었다.

"오늘은 왔네?"

"그럼, 좀 있으면 기말고사니 와야지."

그 후로 몇 주 동안 인우는 미친듯이 공부만 했다. 나는 그런 인우를 응원했다. 시간이 흐른 후, 기말고사 당일이 되었다. 시험이 끝난 후 인우를 보니 상태가 좋지 않아 보였다.

"너 괜찮냐?"

"어… 그냥 좀 피곤해서 그래. 괜찮아."

하교 후 인우는 집에 들어갔다.

"다녀왔습니다."

"어, 시험 잘봤니? 너가 이번 성적이 잘 나오고 목표하는 고등학교를 가야 네 미래가 그려져."

인우는 잠시 망설인 뒤 말했다.

"그..어머니, 전 의대를 가고 싶지 않아요. 늦었지만 하고 싶은 걸 하면 안될까요?"

그러자 어머니가 말했다.

"뭐 하고 싶은 거? 장난하니? 이제 와서 말하면 어떡해. 넌 선택권이 없어. 안돼. 요즘에 왜 이렇게 엇나가니, 인우야… 변했어…."

나는 웃으며 알겠다고 한 후 방으로 들어갔다. 몸에 힘이 풀려 털썩 주저앉았다. 역시 어머니는 내 편이 아니다. 그렇지만 어머니보다 더 싫은건 나다. 막상 하고 싶은 걸 생각하니 도무지 그려지지 않았다. 인우는 결심한 후 책상으로 갔다.

다음날, 인우가 갑자기 나에게 편지를 주었다.

"이거 점심 먹고 봐. 꼭 점심 먹고 봐야 해. 알겠지?"

난 생각했다. '어…. 갑자기 왠 편지지. 말로 하면 되는 것을…'

점심을 같이 먹으려 인우를 찾아보니 보이지 않았다. 할 수 없이 나는 혼자 점심을 먹었다. 그때, 누가 소리 지르며 말했다.

"야!!!! 박인우 옥상에서 뛰어내리려고 한대!"

나는 그 순간 본능적으로 옥상으로 달려갔다. 계단을 올라가며 아버지 사건 이후 처음으로 심장이 터질듯이 쿵쿵거렸다. 나는 재빨리 옥상 문을 열었다. 인우가 보였다. 나를 보며 인우는 손을 흔들었다. 나는 뛰어가 인우를 잡으려 했다.

"야 박인우. 뭐해 빨리 내려와…"

"준열아 나는 안되나봐. 이제 나한테는 남은 것도 하고 싶은 것도 없어. 깨달은 순간 살기 싫더라…"

"너랑 잠시 동안 즐거웠어. 안녕, 나중에 봐."

말을 마친 후 인우는 뛰어내렸다.

'아… 이렇게 끝나는 건가.'

하늘이 정말 푸르고 아름다웠다. 눈을 감으니 내 일생이 파노라마처럼 펼쳐졌다.

다행히 119가 미리 구조 장비를 설치해 두어서 죽지는 않았다. 인우는 눈을 떴다. 그 앞에는 준열이 보였다.

그때 인우는 갑작스런 쇼크가 와 응급실로 향했다. 구급차에서 나는 생각했다. 내가 잠시나마 행복했고 감정을 느낄 수 있었던건

인우 덕분이라고. 난 태어나서 처음으로 기도했다.

'저에게 한번만 더 기회를 주세요. 두번 다시는 소중한 사람을 잃고 싶지 않아요.'

나는 그저 밤새 기도할 수밖에 없었다. 몇일 뒤 인우는 몸이 정상으로 돌아왔다. 인우는 깨어나자마자 말했다.

"왜 뛰어내렸어, 왜!"

나는 인우에게 말했다.

"모르겠어. 너가 뛰어내리니 그냥 몸이 나갔어."

"인우야, 너는 이제 내게 너무 소중한 존재야. 나에게 와줘서 정말 고마워."

"나도 준열아... 너 덕분에 난 한 번 더 살아가기로 마음 먹었어, 고마워."

나는 인우 잠든 뒤 성묘로 향했다. 아버지에게 말했다.

"늦어서 죄송해요. 앞으로도 잘 지켜봐 주세요."

2042년 11월 15일

"네, 오늘 인터뷰 감사합니다."

"마지막으로 마음이 아픈 사람들에게 하고 싶은 말은 무엇인가요?"

"음.⋯ 누구나 살면서 불행하기는 마찬가지입니다. 하지만 행복은 반드시 찾아옵니다. 힘차게 살아가세요, 여러분."

작가의 말

　난 한번이라도 글을 써보고 싶었다. 근데 마침 주제선택 프로그램에 직접 소설을 써보는 수업이 있길래 바로 지원해봤다. 글을 쓰는 동안 정말 재미있었다. 지금까지는 내가 누군가 쓴 소설을 읽기만 했었는데, 내가 써보니 마치 책이라는 작은 공간에 나만의 세계를 만드는 느낌이랄까.

　이 글을 쓰는 동안 많은 고민을 했다. 처음엔 주인공 둘을 서로의 아픔을 치료해주면서 연인 관계로 만들려고 했다. 하지만 이 소설의 배경은 중학교인지라 그보다는 '친구'라는 관계가 더 중요한 것 같아 이에 대해 써보기로 결정했다. 글을 쓰는 동안에는 정말 집중해서 열심히 썼던 것 같은데 지금 다시 보니 글에 부족한 부분이 많아 아쉽다.

　모든 이들에겐 살아가면서 많은 고비들이 펼쳐진다. 많은 사람들은 그 상황을 겪으며 주저앉는다. 하지만 난 이 메시지를 독자들에게 전하고 싶다. "행복은 반드시 찾아온다."고. 비록 지금은 꽃처럼 불행에게 짓밟힐 수 있지만, 이겨내고 다시 일어나면 반드시 목적지에 도착할 수 있을 것이다. 이 글이 조금이나마 삶에 위안이 되기를.

부록

럭키쌤의 소설 수업 이야기

중학생은 소설이 필요합니다

많은 중·고등학교 학생들은 대부분 아침에 일어나 학교를 오고, 학교 마치면 학원을 가고, 집에 가면 학교나 학원 숙제를 합니다. 조금 여유가 있으면 스마트폰으로 게임을 하거나 유튜브를 봅니다. 어쩌다 학원 스케줄을 두 개 이상 뛰어야 하는 날이면 그마저도 불가능합니다. 매일이 단조롭기도 하거니와 어찌 보면 안타깝기도 합니다. 여러 해 동안 중학생과 고등학생들을 가르치면서 중학생 아이들의 머릿속 세계가 얼마나 무궁무진한지 깜짝 놀랄 때가 많습니다. 중학생 아이를 보며 '얘는 대체 무슨 생각을 하고 사는 거지?'라는 생각이 들었던 적이 있다면, 그건 그 아이의 머릿속 세상이 우리 어른들이 결코 이해할 수 없을 정도로 이리저리 뻗어 나가고 있기 때문이라 생각합니다.

이문영 작가는 《짧은 소설 쓰는 법》(서해문집, 2021) 서문에서 소설에는 힘이 있다고 말했습니다. '내가 사는 세상과 다른 세상을, 내가 겪은 삶과 다른 삶을, 내가 있는 시간과 다른 시간을 알려주는 힘'이 있다고 전합니다. 그렇습니다. 대부분의 우리 아이들은 제한된 시간과 공간 속에서 똑같은 일상을 반복하고 있지만 소설에서만큼은 무한한 세상 속에서 다양한 삶을 그려볼 수 있습니다. 소설을 읽는 일이 다른 세계를 여행하는 것이라고 한다면 소설을 써보는 일은 자신의 세계를 창조하는 것이라 할 수 있겠습니다. 저는 소설 쓰기 활동이 자신의 정체성을 만들어가는 시기인 우리 중학생 아이들에게 꼭 필요하다고 말하고 싶습니다.

중학생들은 크리에이터를 꿈꿉니다

'2022 초·중등 진로교육 현황조사 결과'에 따르면 몇 년 전부터 크리에이터 직업이 상위권에 올라와 있고, 게임 개발자나 항공·우주 공학자, 로봇공학자와 같은 신산업 분야 직업에 대한 희망도가 2012년 대비 계속 상승하는 추세라고 합니다. 더불어 '나의 아이디어를 실현하고 주도적으로 일하고 싶어서'라는 이유로 창업을 계획하는 비율 또한 증가하고 있구요. 많은 아이들이 자신을 표현하고자 하는 욕구가 점점 커지고 있다는 것을 보여줍니다. 하지만 그에 비해 학생들이 머릿속 세계를 표현할 수 있는 길은 많지 않습니다. 특히 하나의 이야기나 플롯을 담고 있는 경우는 더욱이 없습니다.

소설은 사람들 입에서 입으로 전달되던 설화, 즉 이야기에서 발전한 문학 갈래입니다. 학교에서 돌아와 친구들과 있었던 일을 부모님께 하는 것도 이야기이고, 선생님께 고민을 털어놓는 일 또한 이야기입니다. 우리는 매일같이 이야기를 하고 있고, 이야기는 소설이 될 수 있으니 소설이야말로 우리 생활에서 가장 가까이 있는 표현 활동이라고 할 수 있겠습니다. 그러니 '이야기'를 만들어 내는 일, 즉 소설을 쓰는 활동은 다양한 형태와 분야에서 창조적인 성과로 확대될 수 있는, 우리 아이들이 크리에이터가 될 수 있는 가장 쉽고 친숙한 방법이라고 할 수 있습니다.

중학생들은 치유가 필요합니다

우리나라 중학생들은 참 많이 힘듭니다. 학교에는 학교 규칙이 존재하고, 뭐 하나 쉽게 넘어가지 않고 꼬투리를 잡는 (저를 비롯한) 학교 선생님들이 있습니다. 예쁜 메이커 후드 티도 입으면 안 되고, 실내에서는 비니 모자를 쓰는 것도 혼이 납니다. 학교가 마치면 학교 선생님보다 더 무서운 학원 선생님이 있습니다. 시험 문제 몇 개 틀리면 집에 안 보내줍니다. 무시무시합니다. 돈 내고 왜 이런 고통을 받아야 하나, 싶지만 그거 안하면 평생 내 편일 것 같은 울 엄마마저 나에게 실망할까봐 그만두지도 못합니다. 친구 관계도 쉽지 않습니다. 친구인 줄 알았던 애가 SNS로 내 뒷 담을 까고, 공부도 잘하는 녀석이 시험 문제 하나 틀렸다고 내 앞에서 징징거리는 걸 보면 친구고 뭐고 확 관둘까 싶기도 합니다. 마라탕 먹으러 같이 안가면 따돌림당할까봐 두려워 과하게 마라탕 좋아하는 척도 해봅니다. 중학생들의 삶은 어른들이 생각하는 것 이상으로 고달픕니다.

이런 것도 다 사회생활을 미리 겪어보는 거라고, 중·고등학생 때 공부도 열심히 하고 관계도 잘 맺어놔야 나중에 직장에 잘 적응할 수 있는 거라는 말, 틀렸다고 하지는 않겠습니다. 다만 이 안에서 우리 아이들은 참 많이 상처를 입습니다. 한 명도 빠짐없이 모든 아이들이 그렇습니다. 모든 아이들이 각자 상처를 받고 피를 흘리는데 모든 아이들에게 상처를 치료할 연고가 주어지지는 않습니다. 누구 책임일까요? 공교육을 책임지는 학교? 밥상머리교육이 먼저라는 가정? 아이를 키우는 모든 어른들에게는 각자 조금씩의 책임이 있겠습니다만 어느 것도 이 아이를 완벽하게 치유할 수는 없을 것 같다는 생각을 해봅니다. 그리고 이 아이들을 다독이고 위로할 또다른 '무엇'을 제안해 봅니다. 네, 또 '소설 쓰기'입니다.

소설은 '허구성'을 지닙니다. '허구성'이란 사실이 아닌 일을 사실처럼 꾸며서 만드는 특성을 말합니다. 이 '허구성' 덕분에 소설에서는 압박감에서 벗어날 수가 있습니다. 자신이 속상했던 이야기를 글로 써보는 겁니다. 단, 주인공 이름을 바꾸고 배경을 저 멀리 이(異)세계로 보내 버리고요. 기왕 꾸미는 거, 결말도 내가 무조건 이기는 걸로 가봅시다. 어차피 소설이니까, 꾸며낸 이야기니까 얼마든지 가능합니다. 저는 이 과정만으로도 아이가 자신이 받은 상처를 극복할 수 있는 힘을 얻을 수 있을 거라 믿습니다.

소설을 잘 쓰면 다른 것도 다 잘합니다

아이들의 미래나 상처에 대한 이야기가 어쩌면 뜬구름 잡는 이야기처럼 들릴지도 모르겠습니다. 소설에 취미가 있는 학생들이 알아서 각자 하면 될 일이지, 구태여 수업이나 동아리 등 시간과 공간을 내어야 하기까지 해야 하는 일이냐 싶을 수도 있을 것 같습니다. 그래서 직접적이고 실질적인 효과에 대해 말해보고자 합니다.

먼저 작문 능력과 문장력이 좋아집니다. 소설을 쓰는 것은 하나의 세계를 창조하는 일이라고 앞서 말한 바 있습니다. 하나의 세계를 글로 표현해 본 사람이라면, 한 페이지의 글을 쓰는 일, 한 문단의 글을 쓰는 일, 한 문장의 글을 쓰는 일은 그다지 어려운 일이 아닐 것입니다. 즉, 소설을 잘 쓰면 글로 표현하는 능력이 좋아진다는 말입니다.

두 번째, 소설을 잘 쓰면 독해 능력도 자연스레 좋아집니다. 요새 아이들은 한 편의 글을 제대로 읽어내지 못하는 경우가 꽤 있습니다. 영상 매체 세대라서 그런가 싶기도 하지만 걱정이 되는 것도 사실입니다. 하지만 소설 쓰기를 통해 자신의 이야기를 긴 호흡으로 쓰고 '이게 말이 되나, 안되나?'를 따져보다 보면 같은 글을 자꾸 떠올리게 되고, 머릿속에서 글이 구조를 갖추게 됩니다. 그렇게 체득된 독해 능력을 다른 글을 읽을 때에도 적용할 수 있는 것입니다.

세 번째, 토론하고 소통하는 능력이 길러집니다. 소설을 쓴다는 것은 이야기를 통해 독자에게 전달하고자 하는 메시지가 있다는 것이고, 글을 쓰면서도 독자와 소통하는 일이 수없이 이루어집니다. '내 글을 독자가 재밌어 할까?', '이렇게 표현하면 독자가 알아들을 수 있을까?'를 생각하면서 쓰게 됩니다.

더불어 제 소설 쓰기 수업에서는 각자 초고가 완성되면 모둠원끼리 서로 바꿔 읽고 피드백을 주도록 했습니다. 근데 사실 동료 피드백이 아니더라도 아이들은 수업하는 중에 자신의 소설을 어떤 방향으로 이끌어 가면 좋을지 자연스럽게 의견을 나누고 협동하는 모습을 보여주었습니다.

이렇다 보니 저는 이 좋은 '소설 쓰기 수업'을 꼭 해보고 싶었습니다. 마침 중학교 1학년을 맡아 2학기 국어 주제선택 반을 운영해야 했구요. 이 다음으로는 제가 '초단편소설쓰기반'이라는 이름의 주제선택 수업을 기획하고 운영한 내용을 소개하고자 합니다.

주제선택 '초단편소설쓰기'반 운영 사례

주제선택 수업의 이름인 '초단편소설쓰기'는 김동식 작가님이 자신의 소설 작법을 소개한 《초단편 소설 쓰기》(요다, 2021)에서 따왔습니다. 평소 개인적으로 김동식 작가님을 좋아하기도 하고, 김동식 작가님의 기발한 상상력과 짧은 분량이면 학생들이 소설에 도전하도록 지도할 수도 있겠다 싶었습니다. 실제로 학생들을 지도하면서 해당 책에서의 팁들을 많이 활용했습니다.

왕선중학교의 주제선택 수업은 1기와 2기로 나뉘고, 각각 금요일 2, 3교시 블록 수업으로 17차시씩 진행됩니다. 활동 계획은 다음과 같습니다.

주	활동 계획
1	모둠 정하기 및 아이스브레이킹
2~4	소설 분석하기 및 소설 변용하기
5	소설 기획서 쓰기
6	초고 쓰기
7~8	퇴고하기 및 작가 프로필, 후기 쓰기

처음 4주는 짧은 분량의 소설을 이해하고 분석하는 데에 초점을 두고, 남은 4주는 실제로 소설을 쓰는 데에 집중했습니다. 시간 순서대로 어떤 활동을 했는지에 대해 구체적으로 말씀드리겠습니다.

1주차. 모둠 정하기 및 아이스브레이킹

모둠은 20명이라는 수업 인원을 고려하여 4명으로 정하고, 모둠장은 자발적으로 하고 싶은 학생을 선정했습니다. 중간에 모둠이 한 번 바뀔 예정인데 모둠장은 그 자리를 그대로 유지할 것이며 첫 모둠의 모둠원을 선택할 수 있는 권한을 주겠다고 하니 많은 아이들이 모둠장에 지원을 했습니다.

일부러 말하지 않은 조건이 있는데, 바로 같은 반 친구는 데려갈 수 없다는 것입니다. 반별 배정 인원이 2명이라 친한 친구들끼리 온 경우가 더러 있을 것인데 4명 중 2명만 계속 이야기를 하게 된다면 오히려 모둠 활동에 방해가 될 수 있다고 생각했기 때문입니다.

모둠장에 지원하지 않은 학생들에게는 앉은 자리에서 자신의 독서나 글쓰기에 관한 경험에 대해 소개하도록 했습니다. 예시를 보여주고 순서대로 시켰는데 소설 쓰기 수업인지라 원래 글쓰기에 관심이 많은 학생들이 많이 와서 그런지 적극적으로 소개하는 모습을 보여주었습니다.

아이스브레이킹 활동으로는 맞은편에 앉은 모둠원의 '얼굴 그리기' 활동을 했습니다. 투명 필름지와 색깔 사인펜을 인원수만큼 준비합니다. 필름지를 공중에 들고 친구의 얼굴을 따라 그리는데, 그동안 대상이 된 학생은 자신에 대해 이야기해야 합니다. 그림을 그리는 친구가 질문을 던지면 그에 대해 길게 답변해야 하는 것이지요. 미리 몇 가지 질문 예시를 칠판에 적습니다.

- 너의 MBTI는?
- 너희 반 분위기는?
- 좋아하는 소설 장르는?
- 최근 가장 재미있게 읽었던 소설이나 웹툰은?
- 최근에 봤던 영화 줄거리는?
- 집에서 가장 친한 가족은?

그리는 시간이 끝나면 친구가 답변했던 내용의 키워드를 오른쪽 상단에 해시태그를 달아 적도록 했습니다. 기억이 안난다며 다시 묻고 또 답변하고. 이 과정을 통해 아이들은 금세 화기애애한 분위기가 되었고 이후 활동에서도 적극적이고 서로 간 소통이 활발하게 일어났습니다. 사실 17차시 중에 2차시나 모둠 정하는 활동에 쓰는 것이 아까운 생각이 들어 2기에서는 이 아이스브레이킹 과정을 생략했는데 그 후 수업 분위기가 확연하게 달랐습니다. 낯선 이들이 모여 모둠 활동을 해야 한다면 아이스브레이킹은 필수라는 점을 여실히 깨달았습니다.

글쓰기 근육 키우기 훈련

저는 정말 '글쓰기 근육'이라는 게 있다고 생각합니다. 글을 쓰라고 하면 한 문장, 한 단어도 시작하기 어려워하는 학생들이 이 작업을 여러 번 반복하다 보면 주제만 던져줘도 줄줄 글을 쓰는 경지에 오르는 것을 자주 많이 보았습니다. 그래서 '글쓰기 근육'이라는 말을 쓰는 걸 좋아합니다.

주제선택은 이동 수업입니다. 왕선중은 전관과 후관에 걸쳐 11개 반이 있는 학교라 주제선택이 있는 금요일 쉬는 시간이면 민족대이동을 불사할 만큼 혼잡스럽습니다. 게다가 제 수업의 경우에는 태블릿도 챙겨 와야 하고, 제가 미리 가져다 둔 책과 태블릿용 키보드도 각자 챙겨야 하고, 와서도 모둠을 만들어야 하기 때문에 여간 부산스럽지 않습니다. 그래서 마음을 가라앉힐 겸하여 학생들이 오자마자 짧은 글을 쓰며 글쓰는 근육을 예열시키고자 했습니다.

5분이 되면 글쓰기를 멈추도록 했습니다. 생각보다 5분은 길지 않습니다. 막상 쓰다 보면 학생들은 더 쓰고 싶어 합니다. '글을 쓰고 싶다'는 간질거리는 마음을 가지게 하는 것, 그 정도면 충분합니다.

《글쓰기 좋은 질문 642》(샌프란시스코 작가집단 GROTTO, 큐리어스, 2013)에서 질문을 세 개 미리 골라 온라인 플랫폼에 올려둡니다. 학생들이 원하는 질문을 골라 5분 남짓한 시간 동안 글을 쓰고, 5분 정도 다른 친구들의 글에 '좋아요'를 누르고 댓글을 적도록 합니다. 3교시 수업을 시작할 때에 글 몇 개를 읽어줍니다. 주로 '좋아요'를 많이 받은 친구의 글을 읽어줍니다. 이 활동은 5주차 초고 쓰기를 시작하기 전까지만 합니다.

학생들이 쓴 글 몇 개를 공유합니다.

> 글쓰기 주제 : 다음 문장으로 이야기를 시작하라.
> "내가 따졌을 때, 그는 자신이 그런 말을 했다는 걸 부인했다."
>
> W 다 들었어..! 어떻게 그래?
> M 아냐. . . . 그런게 아니란걸 알잖아
> 가늘게 떨리던 그의 손이 내 옷깃을 잡으려다 말고 힘없이 흘러내렸다.
> W 됐어. 그만해. 이제 더이상. . . 널 마주할 자신이 없어.
> M 하지만,,,,,,,
>
>
> 너도 내 과자 먹었잖아.
>   -학생 정○○의 글

글쓰기 주제 : 언젠가 증손자에게 물려줄 작은 물건 하나를 고르고 왜 그걸 골랐는지 아이에게 설명하는 편지를 써라.

물려줄 물건: 권총 한 자루

할아비는 군대 생활을 최전방에서 했단다. 어느 날은 북한 군 몇 명이 땅굴을 파고 남한으로 넘어와 추격하고 있었지. 순간 동료들이 멈춰 섰고 나는 영문을 모른 체 계속 달리기만 했단다. 하지만 몇 분 후 나는 깨달았지. 북한군을 내쫓던 내가 도리어 북로 넘어왔다는 것을... 순간 당황해서 아무것도 못하고 있을 때 북한군 정찰병 한 명을 만났단다. 그 정찰병은 날 보고 쏠지 말지 고민하다가 권총 한 자루를 주며 남으로 가는 길을 알려주더구나. 그 군인이 없었다면 난 어떻게 됐을지... 그때쯤이면 통일이 될지도 모르겠구나. 나의 보물 1호를 소중히 간직해주길 바란다.

-학생 이○○의 글

글쓰기 주제 : 당신과 같은 학년이지만 잘 모르는 아이 하나가 어느 날 불쑥 집에 찾아와 긴히 할 이야기가 있다고 한다. 그 아이는 어떻게 생겼나? 그리고 어떤 얘기를 할까?

나는 왕선중학교에 입학한 1학년이다. 난 평소처럼 학교를 간 뒤 하교 후 집으로 와서 쉬고 있었다. 그런데 우리 집에 내 또래로 보이는 어떤 아이가 우리 집에 찾아와 문을 두들기는 것이었다. 그 아이는 누군가에게 맞은 것인지 차에 치인 것인지도 모를 정도로 피투성이에 멍투성이였다. 그리고 그는 말했다. 자신은 왕선중 근처에 다른 학교에 재학 중이던 나랑 같은 1학년이라고 말했다. 그는 학교에서 나와 똑같은 이름을 가진 사람이 지금 내 집주소를 말하며 자신을 꺾으면 현금으로 보상을 주겠다는 것이다. 난 당황하며 창문 밖을 보았지만 평소와 다른 분위기에 사람들이 우리 집 앞에서 걸어다니고 있었고 난 그 아이가 전달책으로 왔다고 생각하였고 그 아이가 학교로 돌아가면 내게 전달했다는 것을 알고 우리 집 앞에서 대기를 하고 있는 저 사람들이 우리 집으로 들어올것이기 때문이다. 그래서 난 전달책으로 온 이 아이를 학교로 보내지 않고 우리 집에 숨겨뒀다. 그 아이를 숨기고 시간을 조금 번 나는 그들이 쳐들어 올 것을 막기 위해 경찰과 친구들에게 도움을 요청했지만 경찰은 사건이 일어나기도 전에 심증만으로는 갈 수 없다 하였고...

                                                    -학생 심○○의 글

2~4주차. 소설 분석하기 및 소설 변용하기

'소설을 써라!' 라고 하면 자신이 쓰고 싶었던 내용을 바로 떠올리는 학생도 더러 있지만 대부분은 그렇지 못합니다. 글쓰기 근육을 키우는 연습을 하면서 동시에 다른 단편소설들은 어떻게 구성되어 있는지 살펴볼 필요가 있다고 생각했습니다. 자신이 앞으로 소설을 쓸 계획을 가진 채 보는 소설은 분명 또 다르게 읽힐 거라고 믿으면서 말입니다.

먼저 활용한 책은 《우리는 5분동안 소설가가 된다》(강은지 외, 담다, 2022)입니다. 같은 중학생이 쓴 소설이라 또래들의 취향을 어느 정도 반영하고 있으며, 소설을 쓸 동기를 돋우기에 제격이라고 판단했습니다.

수업 시간 내에 모두 읽을 수는 없으니 실린 작품 중 하나를 모둠원들이 제목과 장르를 보고 협의하여 선택하도록 했고 모둠원이 돌아가며 소설을 낭독하도록 했습니다. 소리 내어 읽을 때 소설의 흐름과 분위기를 더 잘 이해할 수 있고, 갈등이 최고조에 이르는 지점이나 소설의 아쉬운 점 등을 느끼기 쉽다고 생각했기 때문입니다. 그리고는 모둠별로 이야기를 나눈 뒤 모둠장이 활동 내용을 정리하여 제출하도록 했습니다. 활동 안내는 다음과 같습니다.

《우리들은 5분 동안 소설가가 된다》에서 소설 하나를 골라 함께 읽고, 이야기를 나눠 봅시다.

(1) 우리 모둠이 고른 소설은?
(2) 어떤 내용인지 세 문장으로 소개해 보자.
(3) 가장 인상 깊었던 부분 또는 가장 반전이었던 부분을 설명해 보자.
(4) 아쉬웠던 부분이 있는가? 있다면 아쉬웠던 이유는 무엇인가?
(5) 아쉬웠던 부분의 일부(혹은 결말)를 바꿔 보자.

(5)의 소설의 일부를 변용하는 활동을 하기 전에 《초단편 소설 쓰기》에 나온 소설 '착상의 공식'을 안내하고 예시를 들어주었습니다. 그 공식에는 이런 것들이 있습니다.

다른 소재와 합치기/ 역전시키기/ 의인화하기/ 사물화하기/고정관념이나 클리셰 비틀기/ 시대 바꾸기/ 선악 바꾸기/ 실제 상황으로 만들어보기/ 숨겨진 정체 부여하기/ 초능력이나 마법 같은 힘 설정하기/ 사랑 문제로 만들기/ 목숨을 건 문제로 만들기/ 목적을 가진 캐리거 추가하기/ 좀비, 드라큘라 등 초현실적 존재와 엮기/ 초월적으로 거대한 일로 만들기/ 딜레마 상황이 되도록 조정하기/ 헛소리를 진지하게 해보기/ 소원 들어주는 힘 설정하기/ 저주받은 물건으로 만들기/ 꿈이나 우주나 가상현실 같은 배경 넣어보기/ 감동 파괴하기 등

《우리는 5분동안 소설가가 된다》에서 소설의 일부를 변형한 학생 글 하나를 공유합니다.

원작 '13일의 금요일'

비가 추적추적 내린다. 저녁 6시, 아직 해는 지지 않았는데 먹구름에 가려 빛들이 구름 뒤로 은은하게 새어 나온다. 그 모습과 빗소리가 어울려 감성을 불러일으켜 버스를 타는 대신 걸어갈까, 라는 생각이 들게 했다.

"오늘은 걸어가야겠다."

그때였다. 끼이이익——하며 차가 멈추는 소리가 들렸다.

"거기, 아저씨. 안 탈 거예요?"

아. 이건 못 참지. 나는 그대로 아뇨, 탈게요! 라고 말한 후 버스에 몸을 올렸다. 삑—. 성인 한 명이요. 오늘도 걸어가는 건 글렀나 보다. 운 좋게도 자리를 구해 버스 좌석에 앉았다. 그리고는 버스가 출발하자 창문에 머리를 기대었다. …오늘따라 운이 좋네. 작게 중얼거렸다. 뒤늦게 생각만 한다는 걸 입 밖으로 꺼냈다는 사실을 깨닫고 한 손으로 입을 막아본다. 그러자 내 앞 좌석에 앉은 누군가가 말을 걸어왔다.

"아하핫, 아저씨! 평소에 운이 안 좋으신가 봐?"
"아무리 이리 늙어 보여도 초면에 아저씨라니요."
"그래, 그래! 죄송합니다~. 아니, 그게 문제가 아니라! 제가 좋은 거 해 드릴까요?"
"필요 없어요."

저 여자의 제안을 수락하면 무언가 안 좋은 일이 벌어질 것 같아 단호하게 거절했다. 저 여자, 대체 뭐지?

"에이, 아쉽네~. 그러지 말고, 한 번만!"
"안 사요."
"약 파는 게 아니라! 가상현실 체험 같은 거, 해 보고 싶지 않아요?"
"해 보기 싫어요."

여자는 자꾸 나를 끌어들이려 했다. 그 여자는 모자를 눌러쓰고 마스크를 끼고 있어 얼굴이 잘 보이지는 않았다만, 머리가 꽤 길어보였다. 웃는 상이고, 오른쪽 눈 밑에는 눈물점이 자리 잡고 있는 남자들이 좋아할 만한 얼굴이었다.

"이잉. 한 번만~."
"안 산다니까요."
"정말로요? 너무해라! 어라, 저 내릴 곳 와서요!"

그녀가 내려야 한다는 말을 하면 문득 어디까지 왔지? 라는 생각이 들어 창밖을 둘러보았다. 그녀와 말씨름하면서 꽤 많은 정거장이 지났기에, 슬슬 제가 내릴 곳에 도착할 만도 했다. 창밖을 둘러보니 밖은 제가 버스에 몸을 올렸을 때보다 더 어둑어둑해져 바깥이 잘 보이지는 않았지만 다다음 정류장에서 내려야 한다는 것을 깨달았다.

"어. 방금 저기 고양이가 참치캔을 먹고 있었어요!
귀엽지 않아요?"
"네?"

253

나는 신기했다. 저 어두운 밖에 있는 무언가를 빠르게 움직이는 버스에서 보는 것은 불가능하다고 생각했기 때문이다. 분명, 인간이라면 볼 수 없는…. ……저 여자, 정체가 뭐지? 나는 순간 섬뜩해져서 그 여자를 자세히 바라보았다. 자세히 보니 그 여자의 피부가 창백한 것 같기도. 넋을 놓고 그녀의 얼굴을 빤히 쳐다보았다. 사람의 피부가 저리 창백할 수 있는가? 내가 정신을 차린 건 그녀가 누른 하차 벨에서 삐— 하는 소리가 버스 안에 울려 퍼졌을 때였다. 버스는 정거장에서 멈추고, 버스의 문이 열렸다. ……그 어떠한 것도 내리지 않았다. 버스 기사가 말했다.

"아저씨, 안 내려요?"
"네? 아니요, 저 말고 제 앞에 있는 여자가 누른 건데……."

어디 간 거지? 사람이 이렇게 빠르게 움직일 수 있나?＿내 앞에서 재잘거리던 그 여자는 내 눈앞에 없었다.

"거기 사람이 아저씨 말고 누가 있어요. 안 내리시면 출발합니다?"
"…아, 네, 출발해 주세요."

그 여자는 귀신이었을까, 그저 나의 망상에 불과한 것이었을까.

-학생 정○○의 글

그 다음으로 활용한 책은 《교실 맨 앞줄》(김성일 외, 돌베개, 2021)입니다. 부제가 '학교에 관한 장르 단편집'입니다. 실려 있는 단편들이 모두 학교 또는 학교 안의 특정 장소를 배경으로 하고 있어 학생들이 공감하고 몰입하며 읽을 수 있습니다. '단조로워 보이는 학교생활 곳곳에 숨은 두려움과 설렘, 잔혹과 다정, 기쁨과 슬픔을 저마다 기발하고 개성 넘치는 이야기로 녹였냈다'고 말한 출판사 서평처럼 '집, 학교, 학원, 집'의 루틴만 반복하는 중학생이라도 자신의 생활에서 상상력 한 방울만 더하면 충분히 소설을 써낼 수 있다는 생각을 심어주고 싶었습니다. 작가들도 자신의 생활 패턴이나 사고방식을 완전히 떠나서 작품을 쓰는 것은 어렵습니다. 자신이 속한 세계에서 이야기가 출발할 때 그것은 '진실성'을 갖추게 되고 진실성을 갖춘 작품은 좋은 소설이 되는 거라 생각합니다.

두 번째로 작품을 분석하는 수업이기도 하고 프로 작가가 써서 소설의 구조가 탄탄하다는 점을 들어 조금 더 세밀하게 분석할 수 있도록 모둠 내 역할을 나누었습니다. 소설 구성의 3요소는 인물, 사건, 배경입니다. 4명이 한 모둠이니 모둠장을 제외한 모둠원들이 각각 '인물', '사건', '배경'으로 각각 역할을 정해 책을 다시 펼쳐 보면서 분석해 보라고 했습니다. 분석한 내용을 자작자작 사이트에 올리도록 했구요. 모둠장은 분석을 어려워하는 모둠원을 돕고, 마지막에 함께 이 작품의 '주제'에 대해 의견을 수합하여 글을 써서 올리도록 했습니다. 그러면 한 모둠별로 '인물', '사건', '배경', '주제' 네 개의 글이 올라옵니다.

학생들이 분석한 글 몇 개를 공유합니다.

인물 분석과 배경 분석

작품 '100명의 공범과 함께'

1)인물

연수연/성별:여자/고3/3-1/음악과/키:140~145

교실 맨 뒷자리에 있다.긴 생머리에 하나로 묶음

새하얀 얼굴에 교복 블라우스의 넥타이를 교복사 마네킹처럼 매고 있다.언뜻 봐서는 예술과는 관계가 없어보임

집보다 비싼 비올라를 들고 다님(아빠가 그 악기 소리 좋다는 말에 바로 구해다 옴)

엄마차:페라리 아빠차:마이바흐

집:호텔을 내려다본 바닷가 최고의 아파트

선생님:작곡전공 부장교사

사/탐 점수:50점 만점의50점

A대나B대에 가고 싶음

-학생 김○○

작품 '공녀 님은 기사가 되고 싶어서'

배경[공간적]

-제국기사학교:몇십 년에 한 번뿐인 특별반을 편성하는 장소이다.

-레브강:백조를 볼 수 있으며, 배도 탈 수있는 공간이다.

-수도 박물관:메리코의 진품〈기사와 요정〉을 직접 볼 수 있는 곳이다. 하지만 4월 딱 한 달만 공개한다.

-수도:수도의 4월은 강과 운하에 차오른 물에도 봄빛이 어리며,가로수의 잎들을 배경으로 아름다운 꽃을 볼 수 있는 공간이다. 또한 수도의 동문에서는 많은 특별반 학생들이 처음으로 서로를 만난곳이기도 하다.

-연습장:엘과 트로반이 매일1시간씩 검술을 연습하는 공간

-황실:엘과 데레가 황자를 찾아가 승부에 이견을 말한 장소

배경[시간적]

100-103p-3월초/104-105p-4월/106-109p-최종 선발까지 3개월 전/121-128p-일주일간의 최종 시험

-학생 김○○

사건 분석과 주제 분석

작품 '100명의 공범과 함께'

사건: 강태경은 연수연이 금수저라는 돌아다니는 소문을 많이 들었다. 강태경
과 연수연은 짝꿍이 되었다.
강태경은 상담실에서 연수연과 부모님이 담임과 애기하고있는 것을 들었다.
그녀의 아버지는 딸 혼자 대학을 보내지 않을려고했다.
담임은 입시 상담을 시작했고 강태경에게 여섯 개 대학을 골라주었다.강태경은
선생님이 골라준 모험같은 대학을 가리키며 연수연은 여기 안 쓰냐고 물어봤다.
선생님은 태경에게 연수연을 설득해보라고 하였고 태경과 수연은 연못가에 만
났다. 태경은 연수연을 설득했다.
그러자 연수연은 자신의 가정에 대해서 애기해주었다.

-학생 정○○

작품 '도서실의 귀신'

이 책은 우리가 상상만 하던 귀신을 등장시켜 상상력을 자극하는 글이다. 모두
가 한번쯤은 부모님께 거짓말을 해본적이 있을 것이다.이 책에서는 그 거짓말로
인해 잘못하면 귀신에게 부모님이 해코지를 당할 뻔했다.역시 거짓말은 나쁜것
이라는 것을 보여준다. 작가는 이책에서 귀신을 등장시켜 수현이의 호기심과 성
격을 드러내었다. 이처럼 현실에서도 친구들이 "귀신 나온다."하면서 놀릴 때 내
머릿속에서도 '진짜 귀신이 있으면 어떡하지' 하는 상상의 나래가 펼쳐지는 이
런 상황이 자주 있다. 그리고 학급회장 동일이를 등장시켜 모둠 활동을 할 때
모둠원들이 같이 해야 하는데 동일이처럼 혼자 막 나가는 애들이 있으면 다른
모둠원들이 같이 참여할 수 없는 그런 현실 속 상황을 표현한다.

-학생 최○○

5주차. 소설 기획서 쓰기

'기획서'라고 하니 거창한 느낌이 듭니다. 하지만 체계적인 계획 없이 소설 쓰기에 들어가면 글이 방향을 잃기 마련입니다. 글을 쓰다가 보면 전개가 처음 생각했던 것과 달라지기도 하고 결말이 완전히 딴판이 되기도 하지만 그래도 처음 잡아놓은 얼개가 없다면 글이 끝까지 이어질 수가 없습니다. 소설의 발달 단계를 '발단-전개-위기-절정-결말'로 나뉘는 게 보통이지만 중학생들이 소설을 쓰려면, 특히 짧은 분량으로 전하고자 하는 내용을 밀도 있게 쓰려면 저 또한 촘촘하게 안내를 해야겠다고 생각했습니다.

제가 참고한 책은 마딕 마틴의 《시나리오 쓰기의 모든 것》(다른, 2016)과 폴 치틀릭의 《시나리오 고쳐쓰기》(비즈앤비즈, 2011)입니다.

'소설 기획서'에는 소설의 장르, 주제, 주요 인물 탐구, 사건의 전개 과정 7단계로 나누어 구성했습니다.

가장 먼저 소설의 장르를 선택하도록 했습니다. 평소 자신이 좋아하는 책이나 즐겨 보는 영화, 혹은 웹툰을 떠올려 보도록 하고, 가장 많이 접하는 분야를 쓰도록 했습니다. 두 개 혹은 세 개의 장르가 혼합될 수 있으나 자신이 생각하는 중심 장르를 정해두어야 독자에게 전달하고자 하는 주제의식과도 연결될 수 있다고 생각했습니다.

두 번째로 나오는 내용은 주제인데, 자신이 소설을 써서 독자들에게 어떤 말을 전하고 싶은지에 대해 고민해보라고 했습니다. 하지만 주제에 대해 바로 쓸 수 있는 학생은 많이 없습니다. 다만 기획서의 맨 위에 배치함으로써 소설을 쓰면서도 잊지 말아야 할 것임을 당부했습니다.

그 다음으로 나의 소설의 주인공이 될 인물에 대해 다양한 특성을 써보도록 했습니다. 머릿속에서 이미지가 떠오를 수 있도록 구체적으로 써야 한다고 안내했습니다. 순서에 상관없이 먼저 생각나는 것부터 쓰되 되도록 현재 자신의 대리자로 생각할 수 있어야 한다고 당부했습니다. 소설에서의 서술자는 작가의 입과 눈을 대신하는 사람이니까요. 그렇다보니 주인공이 14~18세의 청소년인 경우가 가장 많습니다. 주인공 말고 등장하는 다른 인물에 대해서도 같은 표를 작성하도록 했는데, 주인공과 갈등을 겪는 악당도 괜찮고 주인공을 서포트하는 친구도 괜찮다고 했습니다.

시나리오를 만들 때 필요한 7개의 포인트를 표로 만들고 그 안에 내용을 좀 더 상세하게 적을 수 있도록 했습니다. 영화 '아이언맨'의 예를 들어 각각의 포인트에 해당하는 이야기를 연결 지어 설명했습니다. '평온한 일상 속에서 어떤 사건이 발생해 주인공이 우여곡절을 겪으며 결국 승리하고 다시 원래의 일상을 되찾는다'는 이야기 구조는 모든 히어로 물의 공통된 속성입니다.

각각의 표 아래 '점검하기' 항목을 적어두고, 소설을 쓸 때마다 계속 볼 수 있도록 지도했습니다.

초단편소설 기획서

1. 장르 : 청소년 / 로맨스 / 스릴러 / SF / 판타지 / 추리

2. 주제 (내가 독자에게 전달하고 싶은 것은?)

3. 캐릭터 설정

주요인물 1

요소	내용
육체적 요소 (외모, 신체 등)	
사회적 요소 (나이, 출신, 상황 등)	
심리적 요소 (사고방식, 감정, 성격 등)	
극복해야 할 결점	
목표	

주요인물 2

요소	내용
육체적 요소 (외모, 신체 등)	
사회적 요소 (나이, 출신, 상황 등)	
심리적 요소 (사고방식, 감정, 성격 등)	
극복해야 할 결점	
목표	

점검하기	인물의 행동이 캐릭터 요소에 부합하는가? 장애물에 대응하는 방식이 캐릭터 요소에 부합하는가? 캐릭터가 원고 전체에서 일관성을 가지는가?

4. 7개의 포인트

위에 언급한 두 책에서 발췌하여 만든 표는 다음과 같습니다.

순서	가이드와 내용
1. 일상	○ 중심인물이 누구인가 ○ 그의 관심사와 결점은 무엇인가
2. 사건의 발단	○ 주인공의 삶을 영원히 바꿔버리게 되는 어떤 일 발생 ○ 주인공이 행동을 하고 주인공의 목표가 무엇인지 보여준다
3. 전개	○ 사건을 다루기 위해 주인공이 행동을 결심 ○ 주인공은 목표를 가지게 되고 스토리는 초점을 가지게 된다
4. 터닝포인트	○ 사건은 중반으로 흐르고 갑작스럽고 새로운, 전혀 예기치 못한 방향으로 전개 ○ 중심인물들은 자신의 문제가 무엇인지 인식하고 ○ 그에게 진정으로 필요한 것들이 자기가 원하는 것보다 훨씬 중요한 의미를 가지게 된다

5. 로 포인트 (low point)	○ 모든 것을 잃어버린 지점 ○ 목적한 바를 이룰 수 있는 길이 아무것도 없어 보이는 최악의 상황
6. 최후의 도전	○ 주인공은 다시 행동하게 만들고 지속시키게 하는 것을 보고 듣고 기억해낸다 ○ 목표에 도달하기 위해 극복해야만 하는 마지막 관문 ○ 최후의 장애물과 마주할 준비
7. 일상으로 돌아가기	○ 현재- 변화를 거쳐-영원히 ○ 주인공이 승리하고, 변하고, 삶이 계속 된다

점검하기	포인트들이 주연 배우의 목표에 부합하는가? 포인트들이 균형을 이루고 있는가?

학생들이 쓴 소설기획서와 시놉시스를 공유합니다.

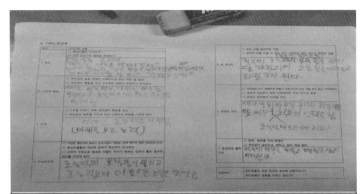

찐따 같던 생활을 하던 주인공 용할머니를 마주하며 미래를 보는 능력을 가지게됨. 이제 나도 찐따 같던 생활을 벗어나겠지 했지만 눈에서 어떤 선이 계속 보이기 시작한다. 나는 그 선이 곧 나의 죽음의 미래를 알려주는 선이란 걸 알아채는데.................

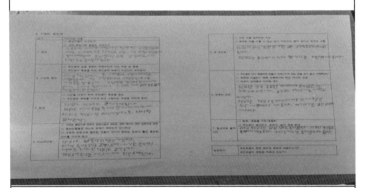

북한에서 파견된 남파공작원 림혁주 ,한 평범한 아파트에 백수아저씨로 위장해 살고있다. 그옆집에는 학교에서 일진인 불량아가 살고 있다. 림혁주는 위장을 위해 마을 사람들을 돕는다. 가장 이기적인 친구와 가장 헌신적인 친구의 만남 서로 영향을 받아 변화한다.

6주차. 초고 쓰기

 초고를 쓰는 데에 걸리는 시간은 사람마다, 작가마다 다릅니다. 시간을 많이 준다고 해서 최고의, 최선의 글이 나오는 것이 아니라고 생각합니다. 그래서 6주차에만 초고 쓰는 시간을 할애했습니다. 다만 유연성을 발휘해야 하는 부분입니다. 지난 시간에 소설기획서를 일찌감치 쓴 친구들은 이미 초고를 시작했고, 만약 이번 시간에 다 쓰지 못하더라도 그 다음 주에도 시간을 줄 수 있으니 자신의 속도에 맞춰 쓰도록 지도했습니다. 주어진 시간이 많지 않다는 것을 알게 된 학생들은 고도의 집중력을 발휘했습니다.

 초고쓰기에서 몇 번이고 강조한 점은 조금 엉성해 보이더라도 결말까지 쓰라는 것이었습니다. 잘 쓰고 싶다는 욕심이 앞서 처음부터 쓰다 고치다를 반복하다 보면 소설은 '발단', 인물과 배경을 소개하는 데서 힘이 다 빠져버리고 맙니다. 그러면 정작 긴장감을 줘야 할 갈등의 클라이막스는 밍숭맹숭해집니다. 재미도 없고, 감동도 없는 작품이 되어버리는 것입니다. 시간이 부족하다고 핑계를 댈 수도 있겠지만 시간을 더 준다고 해도 똑같습니다. 시간이 늘어나면 마음도 느슨해집니다.

 이 시간에 제가 할 일은 지난 시간에 쓴 학생들의 소설 기획서를 검토하고 일대일로 지도하는 일입니다. 인물의 특성이 통일감이 있는지, 사건 전개 7개의 포인트에서 개연성이 부족한 부분이 없는지 등을 살핍니다.

7~8주차. 퇴고하기 및 작가 프로필, 후기 쓰기

헤밍웨이가 말했던 '모든 초고는 쓰레기'라는 말을 반복하며, 퇴고야말로 좋은 작품으로 거듭나는 가장 중요한 단계라고 지도했습니다. 교사 피드백과 동료 피드백이 이루어지고 나서 자신의 글을 퇴고할 수 있는 시간을 마련했습니다. 수업 시작 전, 학생들 글을 인쇄하여 나누어주고 각기 다른 색의 펜을 주어 한 차시 동안 동료 피드백을 하도록 하였습니다.

7주차에는 나를 제외한 모둠원들의 작품을 대상으로 하였고, 8주차에는 우리 모둠이 아닌 다른 모둠의 글을 읽도록 했습니다. 주제선택 수업 앞 차시인 2교시에만 다른 친구들의 글을 읽도록 하고, 3교시에서는 교사와 친구들이 준 피드백을 바탕으로 자신의 글을 고칠 수 있도록 했습니다. 다른 친구들의 글을 보면 볼수록 글의 전개 능력이 향상됩니다. 이야기가 자연스럽게 이어지는지에 대해 보는 눈이 생기고 이를 토대로 자신의 글로 돌아와 적용시키고 발전시킬 수 있습니다.

앞서 소설을 인물, 사건, 배경으로 나누어 작품 분석해 보았기 때문에 살펴볼 부분을 세 가지 정도로만 제시했습니다.

- 인물의 특성과 어울리지 않는 대사나 행동은 없는가?
- 사건에 비약이 없는가?
- 배경이 머릿속에 그려지는가?

8주차에는 작가프로필과 작품 후기를 써야 합니다. 저는 시간이 촉박해 실제 수업 시간에는 적용하지 못했습니다. 굳이 다른 모둠의 글까지 읽지 말고 8주차에 작가프로필과 작품 후기를 쓰도록 하고 자신의 글을 마지막으로 점검하는 시간을 가지도록 분배한다면 수업 시간 내에 충분히 책꼴을 갖출 수 있을 듯합니다.

일찌감치 소설을 완성한 학생들에게는 인쇄한 자신의 소설을 소리 내어 읽어보라고 지도했습니다. 처음에 소설을 분석할 때 낭독했던 것과 마찬가지로 소리 내어 전체를 읽어보면 문맥에 맞지 않거나 사건이 비약적으로 표현된 부분 등을 찾아낼 수 있습니다.

생각을 담다
마음을 담다

도서출판 담다

소설로 만나는 중딩들의 세계

"중학생은 국어 시간에 소설을 쓴다"

초판 1쇄 2023년 2월 15일
엮은이 이은정
지은이 왕선중 초단편소설쓰기 반

발행인 김수영
발행처 담다
디자인 김혜정
출판등록 제25100-2018-2호
주 소 대구광역시 달서구 조암로 38, 2층
메 일 damdanuri@naver.com
문 의 010.4006.2645

ISBN 979-11-89784-28-7 (43810)